夢美《ゆめみ》と愛美《あいみ》の

消《き》えた バースデー・プレゼント？

唯川 恵・作
杉崎ゆきる・絵

角川つばさ文庫

夢美《ゆめみ》と愛美《あいみ》の消えたバースデー・プレゼント？

もくじ

GLAD NEWS
21

一《いち》ノ瀬《せ》愛美《あいみ》
生《う》まれて一歳《さい》で死《し》んでしまった
夢美《ゆめみ》の双子《ふたご》の姉妹《しまい》。
天国《てんごく》の学校《がっこう》で育《そだ》つ?!
一《いち》ノ瀬《せ》夢美《ゆめみ》
おっちょこちょいの主人公《しゅじんこう》。
国語《こくご》と音楽《おんがく》、図工《ずこう》が好《す》き!
ビーズやししゅう、あみものなど、
手芸《しゅげい》が得意《とくい》な女の子。
田中《たなか》翔太《しょうた》
幼《おさな》なじみ。夢美《ゆめみ》といつも
ケンカばかり。ふだんは、
おちゃらけてばっかり。
松岡《まつおか》駿《しゅん》
クラスで一番人気《いちばんにんき》の
男《おとこ》の子《こ》。ハンサムで、
スポーツ万能《ばんのう》で、
勉強《べんきょう》もできる。

夢《ゆめ》美《み》と愛《あい》美《み》の消えたバースデー・プレゼント？

主《おも》な登《とう》場《じょう》人《じん》物《ぶつ》

★★今村舞《いまむらまい》

夢《ゆめ》美《み》の大《だい》の仲《なか》よし。
算数《さんすう》と理科《りか》が得意《とくい》。
将来《しょうらい》は女性《じょせい》宇宙《うちゅう》飛行士《ひこうし》か、
大学《だいがく》教授《きょうじゅ》！

★★森《もり》美《み》咲《さき》

夢《ゆめ》美《み》の大《だい》の仲《なか》よし。
スポーツが得意《とくい》。
将来《しょうらい》はオリンピックの選手《せんしゅ》！

★★本田《ほんだ》さん

最近《さいきん》親《した》しくなった女《おんな》の子《こ》。
ひっこみじあんだけど、
まじめで、とってもいい子《こ》。

★★大蔵《おおくら》ばら子《こ》

お父《とう》さんが大《おお》きな会社《かいしゃ》の社長《しゃちょう》。
いつもツンとすまして、
うぬぼれすぎの、
やなタイプの女《おんな》の子《こ》。

1 お誕生日《たんじょうび》の夜《よる》はステーキで

わたし、一《いち》ノ瀬《せ》夢美《ゆめみ》。

十一歳《さい》ちょうど。

そう、じつは今日《きょう》が十一歳《さい》のお誕生日《たんじょうび》ってわけ。

仲《なか》のいいクラスメイトたちをまねいてのお誕生会《たんじょうかい》は、今度《こんど》の土曜日《どようび》にする予定《よてい》なのね。

で、今日《きょう》はとりあえず、お父《とう》さんとお母《かあ》さんと三人《にん》で、街《まち》のレストランにくりだしたの。

こんなふうに、家族《かぞく》三人《にん》がそろってお食事《しょくじ》に出《で》かけるのはひさしぶり。

お父《とう》さんはいつも仕事《しごと》でいそがしいしね。

それに、お母《かあ》さんのお料理《りょうり》の腕前《うでまえ》はなかなかのものだから、わざわざ外《そと》で食《た》べなくても、おうちでじゅうぶん満足《まんぞく》できちゃう。

でも、今日《きょう》はわたしのお誕生日《たんじょうび》という特別《とくべつ》の日《ひ》だから、外《そと》でお食事《しょくじ》しようってことになったの。

たまにはそうこなくちゃ。

お母《かあ》さんのお料理《りょうり》もいいけど、いつもじゃちょっとつまんない。

オシャレして出《で》かけるっていうのもいい気分《きぶん》だし。

だって、わたしのこの十一歳《さい》のお誕生日《たんじょうび》プレゼントにと、お父《とう》さんとお母《かあ》さんが買《か》ってくれた白《しろ》いワンピース、着《き》てゆくところがなかったんだもの。

ま、それは、今度《こんど》の土曜日《どようび》のわたしのお誕生会《たんじょうかい》でも着《き》る予定《よてい》なんだけど。

「夢美《ゆめみ》はなににする？」

お母《かあ》さんが、メニューの横《よこ》から顔《かお》をのぞかせた。

「そうだなぁ」

わたしはたくさんならんだお料理《りょうり》の名前《なまえ》を前《まえ》にして、すっかりまよってしまったの。

ハンバーグもいいし、エビフライもいい。クリームコロッケもなかなか魅力的《みりょくてき》。ビーフシチューもおいしそう。

つい食《く》いしんぼうになってしまうんだよね、こういうときって。

で、さんざんまよったあげく、ステーキにした。

ほら、やっぱりこういうときって、ステーキがふさわしいじゃない。

鉄板《てっぱん》の上《うえ》でジュージューいってるステーキって、ほんとすてーき。

あれ、そんなジョークいってる場合《ばあい》じゃないか。

「じゃあ、お父《とう》さんもそれにしよう」

「お母《かあ》さんもね」

と、いうことで、三人《にん》そろって、ステーキを注文《ちゅうもん》することになった。

ボーイさんに注文《ちゅうもん》してから、お母《かあ》さんがこっちに顔《かお》をむけた。

「それで夢美《ゆめみ》、今度《こんど》の土曜日《どようび》のお誕生会《たんじょうかい》、何人《なんにん》くらいあつまるの？」

「そうだなぁ」

わたしは天井《てんじょう》を見《み》あげながら、指《ゆび》をおって数《かぞ》えはじめた。

「まずは今村舞《いまむらまい》ちゃんと森美咲《もりみさき》ちゃんでしょ」

このふたりは、今《いま》、いちばんの仲《なか》よし。

舞《まい》ちゃんは算数《さんすう》と理科《りか》が得意《とくい》なの。分数《ぶんすう》の計算《けいさん》なんか、スラスラやっちゃう。

だから、わたしとしては、とっても尊敬《そんけい》してるんだ。

将来《しょうらい》は、女性宇宙飛行士《じょせいうちゅうひこうし》か、大学教授《だいがくきょうじゅ》になるんだって。

ね、すごいでしょ。

美咲《みさき》ちゃんは、スポーツが得意《とくい》。

ドッジボールで、美咲《みさき》ちゃんにボールをぶつけた子《こ》なんて、そうはいない。

わたしはぜったい、美咲《みさき》ちゃんは将来《しょうらい》オリンピックの選手《せんしゅ》になるって信《しん》じてるんだ。

まあ、オリンピックにドッジボールがあればだけれど。

で、わたしはっていうと、そうだなぁ、ちょうどその中間《ちゅうかん》ってとこかな。

勉強《べんきょう》は国語《こくご》と音楽《おんがく》が好《す》き。それと図工《ずこう》も。苦手《にがて》なのは算数《さんすう》。だから、よく舞《まい》ちゃんに教《おし》えてもらうの。

体育《たいいく》もちょっと苦手《にがて》かな。ドッジボールのときは、いつも美咲《みさき》ちゃんに助《たす》けてもらってる。

でもね、手芸《しゅげい》は得意《とくい》なの。

ビーズで指輪《ゆびわ》を作《つく》ったり、ハンカチにししゅうをしたり、あみものだってできるんだから。

冬《ふゆ》になったら、三人《にん》おそろいのミトンをあもうって計画《けいかく》してるんだ。

こんなわたしたちの共通点《きょうつうてん》を教《おし》えてあげるね。

それは、三人《にん》とも、とってもおっちょこちょいってとこ。

よくやるのよね、ポカを。

このあいだも、わたし、そうじのときバケツをひっくりかえしちゃって、大《おお》さわぎ。

教室《きょうしつ》の中《なか》が水《みず》びたしになっちゃったの。

先生《せんせい》から、お目玉《めだま》くらっちゃった。

でも、ちっともメゲないところが、またよくにてるのよね。

「ほかには？」

「えっとね、飯島《いいじま》さんと笹倉《ささくら》さんも」

このふたりとは今《いま》、班《はん》がいっしょで、なにかとお世話《せわ》になってるの。

それに、ふたりとも自分《じぶん》のお誕生会《たんじょうかい》にわたしも招待《しょうたい》してくれたから、そのお返《かえ》しってこともあるし。

そして最後《さいご》にひとり。

「それからね、本田《ほんだ》さん」

「本田《ほんだ》さん？」

お母《かあ》さんがたずねた。

「うん」

「夢美《ゆめみ》のお友達《ともだち》にいたかしら、そういう女《おんな》の子《こ》」

お母《かあ》さんがいうのももっとも。

だって、本田《ほんだ》さんとは最近親《さいきんした》しくなったばかりなんだもの。

どちらかというと、まじめなんだけどクライってイメージのある子《こ》だったのね。

だからわたしもあんまり話《はな》す機会《きかい》がなかったの。

でもこのあいだ、学校《がっこう》でかってるウサギの飼育当番《しいくとうばん》がいっしょになって、初《はじ》めておしゃべりしたんだけど、これがとってもいい子《こ》なの。

わたしがいい子《こ》なんていうのは変《へん》かもしれないけど、だって本当《ほんとう》にそうなんだもの。

飼育当番《しいくとうばん》ってけっこうキタナイ仕事《しごと》が多《おお》かったりするのね。

だから好《す》ききらいがはっきりしてるの。

当番《とうばん》なのに、「やだーっ」なんていう子《こ》もいたりして。

そういう子《こ》は動物《どうぶつ》がきらいな子《こ》が多《おお》いんだけど、好《す》きな子《こ》でもたまにいるのね、そんなふうにいう子《こ》。

エサをあげたり遊《あそ》んだり、そういうことばっかり好《す》きで、世話《せわ》をするっていうことになると、べつになっちゃうってわけ。

たしかに、ウサギのフンやオシッコで、ぐしゃぐしゃになった新聞紙《しんぶんし》はきたないかもしれないけど、「やだーっ」はないと思《おも》うのよ。

だから、そういう子《こ》と当番《とうばん》にあたっちゃったらもう大変《たいへん》。

みんなこっちにおしつけられちゃうんだもの。

とくに女子《じょし》に多《おお》いのよね、そういう子《こ》。

オシャレな子《こ》は洋服《ようふく》がよごれるのを気《き》にしちゃうし。

でも、このあいだ本田《ほんだ》さんといっしょになってびっくり。ちっともそんなところがないんだもの。

だから、わたしとしては、「えらい！」と感心《かんしん》してしまったの。

それから、本田《ほんだ》さんとはもう少《すこ》し仲《なか》よくなりたいって思《おも》ってたんだけど、本田《ほんだ》さんってひっこみじあんというか、消極的《しょうきょくてき》というか、しゃべりかけてもあんまり反応《はんのう》してくれないのね。

だからこのさい、お誕生会《たんじょうかい》に招待《しょうたい》して、もう少《すこ》し仲《なか》よくなりたいなって思《おも》ってるわけ。

「本田《ほんだ》さんってね、最近仲《さいきんなか》よくなった子《こ》なの」

「そう、じゃあ女《おんな》の子《こ》はぜんぶで五人《にん》ね。それで、男《おとこ》の子《こ》は何人《なんにん》？」

お母《かあ》さんが聞《き》いた。

わたしは飲《の》もうとした水《みず》に思《おも》わずむせちゃった。

だって、男《おとこ》の子《こ》を招待《しょうたい》する予定《よてい》なんて、まったくなかったんだもの。

横《よこ》からお父《とう》さんが、

「おや、男《おとこ》の子《こ》も呼《よ》ぶのか」

と、ちょっとしぶい顔《かお》をした。

だから、わたしはあわてて首《くび》をふった。

「ううん、呼《よ》ばないわよ、男《おとこ》の子《こ》なんか」

と、むきになって答《こた》えたの。

すると、お母《かあ》さんがこまったようにこういったの。

「あら、でも翔太《しょうた》くんにもう声《こえ》かけちゃったわよ」

「ええっ！」

その名前《なまえ》を聞《き》いて、わたしは思《おも》わずテーブルの上《うえ》に身《み》をのりだしちゃった。

「翔太《しょうた》ですって！」

翔太《しょうた》っていうのは、田中翔太《たなかしょうた》。

幼稚園《ようちえん》のときは、わたしより背《せ》がずっとひくくて、あんなに弱虫《よわむし》だったのに、同《おな》じくらいの背丈《せたけ》になったころから、ずいぶんにくまれ口《ぐち》をたたくようになって、ちかごろでは顔《かお》をあわすといつもケンカばっかりしちゃう。だって、本当《ほんとう》に失礼《しつれい》なんだもん。

わたしのこと、すぐ「ブス」とか「チビ」とかいって。

そんな翔太《しょうた》をお誕生会《たんじょうかい》に招待《しょうたい》するなんて、お母《かあ》さんたらどうかしてる。

わたしが文句《もんく》をいおうとすると、お料理《りょうり》が運《はこ》ばれてきた。

鉄板《てっぱん》の上《うえ》でジュージュー音《おと》をたててるステーキを見《み》たら、頭《あたま》の中《なか》から翔太《しょうた》のことなんか、どこかにすっとんじゃった。

わたしはさっそくナイフとフォークをとりあげたの。

まずはひとくち。

もぐもぐ。

うーん、おいしい！

しあわせ！

やっぱりおいしいものを食《た》べてるときが最高《さいこう》！

しばらく、話《はな》すのもわすれてもぐもぐ口《くち》ばっかり動《うご》かしていたので、お父《とう》さんもお母《かあ》さんもあきれたみたいに笑《わら》ってる。

ようやくひとごこちつくと、

「それで、翔太《しょうた》くんはもう招待《しょうたい》しちゃったんだからいいでしょ」

と、お母《かあ》さんがさっきの話《はなし》のつづきをはじめた。

「もぉ、しょうがないなぁ」

と、わたしはしぶしぶ承知《しょうち》したの。

翔太《しょうた》のお母《かあ》さんとうちのお母《かあ》さんはすごく仲《なか》がよくて、そういうことはすぐふたりで決《き》めちゃうんだもん。

「それでね、翔太《しょうた》くんに、男《おとこ》の子《こ》ひとりじゃきにくいだろうから、親《した》しいお友達《ともだち》を何人《なんにん》か連《つ》れていらっしゃいっていっておいたの」

それを聞《き》いた瞬間《しゅんかん》、わたしの胸《むね》がドキッとなった。

じつは、翔太《しょうた》が親《した》しくしてる友達《ともだち》の中《なか》に、あの松岡《まつおか》くんがいるからなの。

そう、名前《なまえ》は松岡駿《まつおかしゅん》くん。

クラスで一番人気《いちばんにんき》の男《おとこ》の子《こ》。

ハンサムだし、スポーツだって万能《ばんのう》だし、勉強《べんきょう》だってできるんだから。

そんな松岡《まつおか》くんと翔太《しょうた》が友達《ともだち》なんて、ちょっと信《しん》じられないんだけどね。

でも、どうやらプラモデル作《づく》りの趣味《しゅみ》が同《おな》じで、そのことで仲《なか》よくしてるみたい。

だから、お母《かあ》さんがそういったとき、もしかしたら、翔太《しょうた》が松岡《まつおか》くんを連《つ》れてきてくれるかもしれない、なんて思《おも》ったわけ。

だったら、よろこんでむかえちゃう。

だって、これはだれにもいってないんだけど、わたし、ひそかに松岡《まつおか》くんのファンなんだ。

「どうしたの？」

お母《かあ》さんがわたしの顔《かお》をのぞきこんだ。

「えっ？」

「急《きゅう》に、ニタニタしちゃって」

「そ、そんなことないわよ」

わたしはまたあわてて、ステーキを一《ひと》きれ口《くち》の中《なか》にほうりこんじゃった。

レストランでのお食事《しょくじ》がおわって、そこのケーキを買《か》って、家《いえ》についてから、紅茶《こうちゃ》といっしょにそれを食《た》べることにしたの。

ステーキでおなかがいっぱいだったはずなのに、ケーキを見《み》るとやっぱりおいしそうで、一個《こ》ぺろりと食《た》べちゃった。

そんなわたしを見《み》て、お父《とう》さんもお母《かあ》さんもあきれてる。

「よく食《た》べるわね、夢美《ゆめみ》ったら」

「だっておいしいんだもん」

「おなかこわしちゃっても、お母《かあ》さん知《し》りませんからね」

ソファで、タバコをふかしながらお父《とう》さんが笑《わら》った。

「ま、たくさん食《た》べて、でっかくなるんだな。そう、死《し》んじゃった、愛美《あいみ》のぶんも」

愛美《あいみ》。

その名前《なまえ》をいってから、お父《とう》さんは、はっと口《くち》をおさえ、あわててお母《かあ》さんをふりかえった。

お母《かあ》さんは、ケーキ皿《ざら》の上《うえ》にフォークをコトリと置《お》いて、サイドボードの上《うえ》に置《お》いてある写真《しゃしん》に目《め》をむけた。

そこにはふたりの赤《あか》ちゃんの写真《しゃしん》がかざってある。

ひとりはわたし。そして、もうひとりは、じつはわたしと双子《ふたご》で生《う》まれてきた、愛美《あいみ》の写真《しゃしん》なの。

生《う》まれて一歳《さい》で死《し》んでしまったんですって。

わたしはもちろんおぼえてないんだけど。

でも、そのことが話題《わだい》になると、わたしもやっぱりちょっと胸《むね》の奥《おく》がツンってする。

生《い》きていてくれたらどんなによかったろうと思《おも》うこと、よくあるもの。

ひとりっ子《こ》ってけっこうさびしい。

友達《ともだち》が、お姉《ねえ》さんや妹《いもうと》の話《はなし》をしているのを聞《き》いて、うらやましいって思《おも》うこともたくさんあるし。

お母《かあ》さんはまだぼんやり写真《しゃしん》を見《み》つめている。

「そうね、愛美《あいみ》が生《い》きていたら、もっと楽《たの》しい十一歳《さい》のお誕生日《たんじょうび》になったでしょうに」

そして、目《め》をうるうるさせちゃって。

お母《かあ》さん、涙《なみだ》もろいから。

ムードがくらくなっちゃったものだから、お父《とう》さんがあわててもりあげようとした。

「あ、いや、わるかった。つい、思《おも》いだしちゃってね。けど、夢美《ゆめみ》が愛美《あいみ》のぶんまで元気《げんき》に大《おお》きくなってくれたんだから、それでじゅうぶんさ」

「そうそう、わたし、元気《げんき》いっぱいだもん」

わたしはわざわざソファから立《た》ちあがって、ガッツポーズをきめたの。

それを見《み》て、お母《かあ》さんもちょっと元気《げんき》をとりもどしたみたい。

「そうね、きっとあの世《よ》から、愛美《あいみ》も夢美《ゆめみ》のお誕生日《たんじょうび》をいわってくれてるわ」

と、ようやくほほえんだ。

「そうだ、愛美《あいみ》にも食《た》べさせてあげようっと」

わたしはケーキ箱《ばこ》の中《なか》からアップルパイをとりだすと、お皿《さら》にのせて、愛美《あいみ》の写真《しゃしん》の前《まえ》に置《お》いたの。

写真《しゃしん》の中《なか》の愛美《あいみ》は赤《あか》ちゃんのまま、うれしそうに笑《わら》ってる。

本当《ほんとう》に、いっしょに誕生日《たんじょうび》をむかえられたらよかったね。

でも、それはしょうがないことだから。

きっとどこかで、わたしのこと見《み》てくれてるよね。

そして、おいわいしてくれてるよね。

2　ウソッ、愛美《あいみ》が……

「夢美《ゆめみ》、ねえ夢美《ゆめみ》……」

だれかがわたしの名《な》を呼《よ》んでいる。

もう朝《あさ》なの？　やだ、まだねむいよ。もう少《すこ》し寝《ね》かせておいてよ。

わたしはベッドの中《なか》でくるりと寝《ね》がえりをうった。

「夢美《ゆめみ》、夢美《ゆめみ》ってば」

でも、まだしつこく呼《よ》んでいる。

お母《かあ》さん？

でもないみたい。

もっと女《おんな》の子《こ》。そう、わたしと同《おな》じくらいの。

で、そのとき、気《き》がついた。
なんで、そんな女《おんな》の子《こ》がわたしを呼《よ》んでるの？
わたしは、パチッと目《め》をあけたの。
だって、ここはわたしの部屋《へや》。それも、まだ真夜中《まよなか》じゃない。
やだ、わたしったら寝《ね》ぼけてる。
わたしはひとつあくびをした。
さ、寝《ね》ようっと。
で、うとうとしはじめると。
また、
「ね、夢美《ゆめみ》、わたしよ、わたし。起《お》きてってば」
またもや声《こえ》が。
わたしはぱっと起《お》きあがったの。
これは空耳《そらみみ》なんかじゃない。寝《ね》ぼけてるんでもない。
「だれ？」

でも、部屋《へや》の中《なか》はくらくて、なにも見《み》えない。

わたしはひっしに目《め》をこらしたの。

すると、タンスの上《うえ》の方《ほう》が、キラキラってかがやきだした。

そこにはたしか、テディーベアが置《お》いてある。

そう、死《し》んじゃった愛美《あいみ》がとっても気《き》に入《い》っていたというクマのぬいぐるみ。

そこのところが、まるで北極《ほっきょく》のオーロラみたいにキラキラとかがやきだしたってわけ。

あ、でも本物《ほんもの》のオーロラは見《み》たことないんだけど。

わたしはごしごし目《め》をこすったの。

だって、そんなの目《め》がおかしいとしか思《おも》えないでしょ。

すると、そのキラキラはだんだん大《おお》きくなって、そう、まぶしいくらいに大《おお》きくなって、
タンスの上《うえ》からおりてきた。

目《め》をパチパチさせながら見《み》ていると、なんとこれが、人《ひと》の形《かたち》になってくるじゃない。

な、なんなの、これは。

宇宙人《うちゅうじん》？　それともユーレイ？

わたしは、急《きゅう》にこわくなって、ふとんの中《なか》にもぐりこんだの。

「やだ、神様《かみさま》、助《たす》けて」

ブルブルしてると、

「夢美《ゆめみ》、ひさしぶり、元気《げんき》にしてた？」

と、キラキラがいったの。

でも、わたしはこわくてこわくて、ふとんの中《なか》にもぐりこんだまま。

すると、そのキラキラは、

「やっぱりおどろかせちゃったみたいね。そうよね、こんなふうに会《あ》うなんて、変《へん》だもんね」

と、ちょっとかなしそうな声《こえ》でいったの。

よく聞《き》くと、なんだかなつかしいかんじがする声《こえ》。

宇宙人《うちゅうじん》とか、ユーレイとかとはちょっとちがうみたい。

だからわたしは、勇気《ゆうき》をふりしぼって、ふとんの中《なか》からおずおず目《め》だけをのぞかせたの。

「あ、あ、あなた、いったいだれ？」

「わたしは愛美《あいみ》よ」

キラキラは、もうそれほどまぶしくなくなってた。

「愛美《あいみ》ですって」

わたしは思《おも》わず聞《き》きかえしちゃった。

「そう、愛美《あいみ》」

「うそ。愛美《あいみ》のわけないわ。愛美《あいみ》は小《ちい》さいとき死《し》んじゃったんだもん」

するとそのキラキラの人《ひと》かげは、すっと動《うご》いて、ベッドの横《よこ》のイスにこしかけた。

「こまったな、なんて説明《せつめい》したらいいのかな」

そうしているうちにも、キラキラはもっと人《ひと》らしい形《かたち》になってきたの。

じっと見《み》つめると、わたしと同《おな》じくらいの女《おんな》の子《こ》なのね。

その顔《かお》、どこかで見《み》たことがあるような気《き》がして……。

「えっ！」

と、わたしは思《おも》わず声《こえ》をあげちゃった。

だって、その子《こ》ったら、わたしとそっくりなんだもん。

「どうかした？」

女《おんな》の子《こ》がこっちに顔《かお》をむけた。

「あ、あの……」

「なに？」

「あの、あなた、わたしとそっくりみたい……」

するとその女《おんな》の子《こ》は、にっこりほほえんだの。

「だって双子《ふたご》だもん、当然《とうぜん》でしょう」

「ふ、双子《ふたご》って」

「だから、わたしは愛美《あいみ》だっていってるでしょう」

もう、わたしの頭《あたま》の中《なか》はパニック状態《じょうたい》。

やっぱりこれは夢《ゆめ》なんだって思《おも》ったわ。

だってそんなこと、あるわけないじゃない。

すると、わたしの気持《きも》ちを見《み》すかしたように、その女《おんな》の子《こ》はにっこりほほえんだの。

「そうよね、夢美《ゆめみ》がおどろくのもしょうがないわよね。小《ちい》さいときに死《し》んじゃった双子《ふたご》の姉妹《しまい》が、今《いま》ごろになってあらわれたんだもん、だれでもおどろくわよね」

「あなた、ほんとに愛美《あいみ》なの」

「もちろん」

「だったらユーレイってこと?」

「うーん、ちょっとちがうけど、そう呼《よ》ばれてもしょうがないかな」

「ひえっっ!」

わたしはまたふとんの中《なか》。

ユーレイなんて、こ、こわい!

「そんなにこわがらないで。今《いま》から、どうしてわたしがここにきたか説明《せつめい》するから」

まだ、わたしはこれが夢《ゆめ》なのか、現実《げんじつ》なのか、よくわからなかったけれど、とりあえずその説明《せつめい》とやらを聞《き》いてみることにした。

「わたしね、死《し》んじゃってから、ずっと天国《てんごく》で育《そだ》ったの。神様《かみさま》や天使《てんし》たちに育《そだ》てられたのよ。もちろん、天国《てんごく》にだってちゃんと学校《がっこう》があって、そこに通《かよ》ってるの。学校《がっこう》といっても、人間界《にんげんかい》の学校《がっこう》とは少《すこ》しちがうかもしれないけどね。勉強《べんきょう》するのは、たとえば、命《いのち》の大切《たいせつ》さや、人《ひと》の心《こころ》なんてこと。わたし、学校《がっこう》ではすごく優秀《ゆうしゅう》なのよ。いつもクラスで一番《ばん》か二番《ばん》なんだから」

「へえ、すごいんだ……」

わたし、思《おも》わず感心《かんしん》して、ふとんの中《なか》から、また目《め》だけをのぞかせちゃった。

わたしなんて、一番《ばん》も二番《ばん》も、とったことないんだもん。

それに、話《はなし》を聞《き》いていると、ユーレイなんて気《き》がしなくて。

「それで、神様《かみさま》がそのごほうびに、人間界《にんげんかい》の見学《けんがく》をゆるしてくださったの。それが、ちょうど夢美《ゆめみ》の、ううん、夢美《ゆめみ》とわたしのお誕生日《たんじょうび》に重《かさ》なったってわけ。ケーキ食《た》べながら、夢美《ゆめみ》、わたしに会《あ》いたいって強《つよ》く思《おも》ったでしょう。わたしの姿《すがた》はね、人間《にんげん》の世界《せかい》ではひとりにしか見《み》えないことになってるの。きっと、夢美《ゆめみ》が会《あ》いたいと思《おも》ってくれた気持《きも》ちと、わたしのそう思《おも》う気持《きも》ちが重《かさ》なって、どうやらそのひとりというのは、夢美《ゆめみ》になったみたい」

「へえ……」

でも、わたしはまだぼんやりしていた。

そんなこと、この世《よ》の中《なか》にあるんだろうか。

スペースシャトルが宇宙《うちゅう》ステーションにまで行《い》っちゃう時代《じだい》だっていうのに。

「とにかく、そういうことだから。わたし、とうぶんこっちの世界《せかい》で暮《く》らすから、よろしくね」

そして、その女《おんな》の子《こ》、つまり愛美《あいみ》の姿《すがた》はまたキラキラしはじめて、タンスの上《うえ》のテディーベアの中《なか》にすいこまれていった。


よく朝《あさ》、目《め》がさめた。

ハッとして、すぐにタンスの上《うえ》のテディーベアに目《め》をやったんだけど。

もちろんテディーベアはいつもどおり、ちょこんとすわっているだけ。

わたしはひとつため息《いき》をついちゃった。

「やっぱり夢《ゆめ》よね。あーあ、変《へん》な夢見《ゆめみ》ちゃったなぁ……」

そして、大《おお》きく背《せ》のびをした。

階段《かいだん》の下《した》からお母《かあ》さんの呼《よ》ぶ声《こえ》がした。

「夢美《ゆめみ》、夢美《ゆめみ》、早《はや》く起《お》きなさい。学校《がっこう》、遅刻《ちこく》しちゃうわよ」

「はーい」

わたしは返事《へんじ》をして、ベッドからポンと飛《と》びおりた。

ほんと、まったく変《へん》な夢《ゆめ》。

小《ちい》さいときに死《し》んじゃった愛美《あいみ》が、目《め》の前《まえ》にあらわれるなんて。そんなの、どうかしてる。

パジャマをぬいで、学校《がっこう》に行《い》くスタイルを考《かんが》えた。

いつもなやんじゃうんだ、なにを着《き》ていこうかなって。

「こっちの赤《あか》いチェックのブラウスにしようかな。それともこっちの白《しろ》のトレーナーがいいかな」

鏡《かがみ》の前《まえ》でまよってると、ふいに背中《せなか》から声《こえ》がした。

「チェックのブラウスのほうが似合《にあ》うわよ」

「えっ！」

わたしは思《おも》わずふりむいたの。

すると、ベッドの横《よこ》のイスに、きのう夢《ゆめ》の中《なか》に出《で》てきた愛美《あいみ》がすわってるじゃないの。

「あ、あ、あ……」

わたしは池《いけ》のコイみたいに口《くち》をぱくぱくさせた。

「どうしたの、そんなにおどろいて」

愛美《あいみ》はすずしい顔《かお》でいう。

「だ、だって」

「自己紹介《じこしょうかい》は、ゆうべもうすませちゃったわよね」

わたしは思《おも》わず自分《じぶん》のほっぺをつねっちゃった。

もしかして、まだ夢《ゆめ》のつづき？

でも、もう朝《あさ》よ。

そんなわたしを見《み》て、愛美《あいみ》は笑《わら》いだしたの。

「やーね。夢《ゆめ》なんかじゃないって。しょうしんしょうめい、わたしは夢美《ゆめみ》と双子《ふたご》の愛美《あいみ》」

わたしはおずおずとたずねたの。

「ほんとに、ほんとなの？」

「もちろんよ。ね、せっかくこうして会《あ》えたんだから、仲《なか》よくしましょうよ」

そのとき、ドアがひらいて、お母《かあ》さんが顔《かお》をのぞかせた。

「夢美《ゆめみ》ったら、いつまでそんなことやってるの。本当《ほんとう》に遅刻《ちこく》しちゃうわよ」

「わ、わわっ！」

わたし、あわてちゃった。

ここに愛美《あいみ》がいたら、お母《かあ》さん、コシをぬかしちゃう。

でも、お母《かあ》さん。

「どうかしたの？」

と、変《へん》な顔《かお》をしてる。

「だって」

「さっさと用意《ようい》なさいよ」

お母《かあ》さんは部屋《へや》から出《で》ていこうとした。

「お母《かあ》さん」

わたしは呼《よ》びとめたの。

「なあに？」

「あの、見《み》えないの？」

「なにが？」

「なにがって、愛美《あいみ》が。ほら、愛美《あいみ》のこと、見《み》えないの？」

するとお母《かあ》さんはタンスの上《うえ》にある、愛美《あいみ》の好《す》きだったテディーベアに目《め》をむけた。

「ええ、見《み》えるわよ。あのテディーベアを見《み》ると、赤《あか》ちゃんだった愛美《あいみ》が目《め》にうかぶわ。

さ、早《はや》く用意《ようい》なさい」

そういって、お母《かあ》さんはドアをしめた。

わたしは思《おも》わずへなへなと、その場《ば》にすわりこんじゃった。

お母《かあ》さんには見《み》えないってことがわかったから。

すると、イスにすわっていた愛美《あいみ》が、ちょっとかなしそうな声《こえ》でいったの。

「お母《かあ》さん、きれいね」

わたしは顔《かお》をあげた。

「ね、お母《かあ》さんには愛美《あいみ》の姿《すがた》が見《み》えないの？」

愛美《あいみ》はコクンとうなずいた。

「そうなの。いったでしょう、こうして顔《かお》をあわせたり、おしゃべりできるのは、ひとりだけだって。だから夢美《ゆめみ》だけ」

わたしもなんだかちょっとかなしくなっちゃった。

「でも、お母《かあ》さんやお父《とう》さんと話《はな》したくない？」

「そりゃあ、そうしたいけど、しかたないもの。それが人間界《にんげんかい》にくるときの、神様《かみさま》との約《やく》束《そく》だから」

そして愛美《あいみ》は、笑顔《えがお》をとりもどした。

「でも、いいの。こうして夢美《ゆめみ》と話《はなし》ができるだけでじゅうぶん」

もう完全《かんぜん》に信《しん》じるしかなかった。

まちがいなく、ここにいるのは愛美《あいみ》。

そう、小《ちい》さいとき死《し》んでしまった双子《ふたご》の愛美《あいみ》なのだということを。

「ね、あくしゅ」

わたしは愛美《あいみ》のそばに近《ちか》づいて、手《て》をさしだした。

「えっ？」

「これから仲《なか》よくしようね。今《いま》までいっしょにいられなかったぶんも」

愛美《あいみ》もにっこりほほえんだ。

「うん、よろしく」

と、いうわけで、わたしと愛美《あいみ》の奇妙《きみょう》な関係《かんけい》がはじまったってわけ。


朝《あさ》ごはんを食《た》べて、家《いえ》を出《で》た。

朝《あさ》、愛美《あいみ》のことですったもんだしたもんだから、おくれちゃって、わたしはいつもの通《つう》学路《がくろ》を走《はし》っていったの。

そうしたら、後《うし》ろからよぶ声《こえ》が。

「おーい、夢美《ゆめみ》」

ふりむくと、翔太《しょうた》だった。

ちょうど横断歩道《おうだんほどう》の信号《しんごう》が赤《あか》に変《か》わって、わたしは翔太《しょうた》とそこで肩《かた》をならべることになったの。

翔太《しょうた》は、ちょっともったいをつけたようにいった。

「心配《しんぱい》すんなよ。オレ、行《い》ってやるからさ」

なんのことかわからなくて、わたしは聞《き》きかえしちゃった。

「行《い》くって、なに？」

翔太《しょうた》、きょとんとして、

「え、おばさんからいわれたぜ、オレ」

それでようやく思《おも》いだしたの。

「ああ、お誕生会《たんじょうかい》のこと」

「そうだよ。たいして行《い》きたくもないけど、おばさんにたのまれちゃしょうがないもんな、行《い》ってやるさ」

でも、そんないい方《かた》ちょっと失礼《しつれい》だと思《おも》わない？

こっちにしたら、べつにきてくれなくたっていいんだもんね、翔太《しょうた》なんか。

で、それをいおうとすると。

「ついでに松岡《まつおか》もさそったぜ。やっぱ男《おとこ》ひとりっちゅうのは、なにかとカッコわるいしさ」

と、いうじゃない。

わたしの胸《むね》はきゅうにドキドキしはじめちゃった。

だってあの松岡《まつおか》くんをさそっただなんて。

あー、よかった、こなくていい、なんていわなくて。

でも、いちおうポーズでは、

「あっそ」

なんて、どうってことないふりをしたけどね。

翔太《しょうた》に、松岡《まつおか》くんのファンだってことバレたら、さんざん茶化《ちゃか》されちゃうもん。

でも、わたしの顔《かお》がちっともうれしそうじゃないもんだから、翔太《しょうた》もちょっと不機嫌《ふきげん》そうな声《こえ》を出《だ》した。

「なんだよ、のり気《き》じゃないんだったら、べつに行《い》かなくてもいいんだぜ」

わたしはあわててフォロー。

「そんなこといってないじゃない」

松岡《まつおか》くんのことを聞《き》いた以上《いじょう》、今《いま》さらこないはナシよ。

「ふん、だったらもっとうれしそうな顔《かお》をすりゃいいだろ」

そりゃそうだけど、翔太《しょうた》にゴカイされたらこまるもんね。

ほら、翔太《しょうた》がくるからうれしいなんて思《おも》われちゃ、大《だい》メイワクでしょ。

そこんとこ、むずかしいのよ、表現《ひょうげん》が。

「ま、ぜひ、きてください。ちゃんと待《ま》ってるから。お母《かあ》さんもごちそういっぱい作《つく》るっていってたし」

ごちそうと聞《き》いて、翔太《しょうた》はペロリと舌《した》なめずりをした。

「おっ、そうか。へっへっへ、食《く》うぞぉ」

これなんだから、まったく。

信号《しんごう》が青《あお》に変《か》わった。

向《む》かいがわにクラスメートの男《おとこ》の子《こ》。

「ほんじゃな」

翔太《しょうた》は先《さき》に走《はし》りだし、男《おとこ》の子《こ》たちと顔《かお》をあわすと、ほら、またやりはじめる、プロレスのまねっこ。

ヘッドロックなんかかけちゃって。

やぁねえ。ほんと、男《おとこ》の子《こ》ってどうしてあんなにヤバンなのかしら。こまったもんだわ。

そのとき、ふっと耳《みみ》もとで声《こえ》が。

「今《いま》のが翔太《しょうた》くんね？」

愛美《あいみ》の声《こえ》。

「えっ、あ、そう」

まだ、あんまりなれてないんだよね、愛美《あいみ》の突然《とつぜん》の出現《しゅつげん》には。

わたしはそっとたずねたの。

「愛美《あいみ》、翔太《しょうた》のことおぼえてる？」

「ううん、ほとんどおぼえてないな。だって、まだ赤《あか》ちゃんだったんだもん、わたしも翔《しょう》太《た》くんも」

「そうよね、一歳《さい》じゃ、おぼえてないわよね」

「で、もしかして、翔太《しょうた》くんって夢美《ゆめみ》のカレ？」

愛美《あいみ》がとんでもないことをいったので、わたしは思《おも》わず大声《おおごえ》をあげちゃった。

「そ、そんなわけないでしょ！」

愛美《あいみ》がふきだした。

「やだ、そんなムキにならなくたって。そういうの、なおさらアヤシイな」

「あ、あのね……」

すると、後《うし》ろからバタバタとかけよってくる足音《あしおと》。

「夢美《ゆめみ》ちゃんったら、なにひとりでぶつぶついってんの」

「そうよ、朝《あさ》っぱらから」

舞《まい》ちゃんと美咲《みさき》ちゃんだった。

「ううん、なんでもないの」

わたしはあわてて知《し》らん顔《かお》。

だって、愛美《あいみ》のことが知《し》られたら大変《たいへん》だもんね。

「あすの夢美《ゆめみ》ちゃんのお誕生会《たんじょうかい》、予定《よてい》どおり？」

「もちろん」

「プレゼント、楽《たの》しみにしててね」

「あ、いいのよ、そんな気《き》をつかってくれなくても」

「いいから、いいから。まかせといて」

内心《ないしん》、楽《たの》しみにしてるんだけどね。さぁて、なにがもらえるのかなって。

そこで、わたしは思《おも》いだしたの。

「あ、お誕生会《たんじょうかい》には男《おとこ》の子《こ》もくるから」

すると、舞《まい》ちゃんも美咲《みさき》ちゃんもびっくりした顔《かお》になって、

「男《おとこ》の子《こ》ってだれ？」

って、おもわずつめよられちゃった。

「ひとりは翔太《しょうた》」

「なーんだ」

「翔太《しょうた》くんかぁ」

ふたりとも、気《き》のぬけたような顔《かお》。

ね、これでわかるでしょ。翔太《しょうた》って人気《にんき》ないのよねぇ。

でも、次《つぎ》の名前《なまえ》を聞《き》いたらおどろくぞ。

わたしはちょっともったいをつけるように、ひとつコホンとせきばらいをした。

「で、もうひとりは松岡《まつおか》くん」

思《おも》わずふたりの目《め》が点《てん》になった。

「ええっ！　松岡《まつおか》くんって、あの松岡《まつおか》くん？」

「もちろん」

「ほんとにっ！」

きゅうにふたりの顔《かお》がホックホク。

やっぱり松岡《まつおか》くんの威力《いりょく》ってすごいのよねぇ。

「どうして松岡《まつおか》くんがくることになっちゃったの」

「翔太《しょうた》がね、男《おとこ》ひとりじゃカッコわるいから、友達《ともだち》を連《つ》れてくるっていったの。それがなんと、松岡《まつおか》くんだったってわけ」

「へえ。翔太《しょうた》くん、そんなに松岡《まつおか》くんと仲《なか》がよかったんだ」

「みたい」

GLAD NEWS
21

それから道《みち》を歩《ある》きながら、ずっと松岡《まつおか》くんの話《はなし》でもりあがっちゃった。

下駄箱《げたばこ》のところにきて、ふたりとはなれると、また、愛美《あいみ》の登場《とうじょう》。

「いまのふたりは夢美《ゆめみ》の親友《しんゆう》？」

「うん、そう。舞《まい》ちゃんと美咲《みさき》ちゃんっていうの」

「さっきいってた松岡《まつおか》くんって、よっぽど人気《にんき》があるのねえ」

「うん、まあね」

愛美《あいみ》にいわれて、わたしったら、みょうにテレちゃった。

すると愛美《あいみ》、わたしの顔《かお》をのぞきこんだ。

「あれ、もしかして夢美《ゆめみ》、好《す》きなの？」

「ううん、そんなんじゃないよ」

わたし、あわてて首《くび》をふる。

「そうかなぁ、あやしいなぁ」

愛美《あいみ》ったら、うたがいの目《め》。

「ね、その松岡《まつおか》くんって、どの男《おとこ》の子《こ》か、あとで教《おし》えてね」

「うん」

そのとき、下駄箱《げたばこ》のかげから、舞《まい》ちゃんと美咲《みさき》ちゃんが呼《よ》んだ。

「夢美《ゆめみ》ちゃん、行《い》くわよ」

「今《いま》、行《い》く」

わたしはいそいで上履《うわば》きにはきかえたの。

3 やでしょ、ばら子《こ》って

給食《きゅうしょく》がおわった休《やす》み時間《じかん》。

松岡《まつおか》くんがわたしに話《はな》しかけてきた。

「あのさ」

わたしったら、ドギマギしちゃって。

だって、あんまり話《はな》したことないんだもん。

ほら、ステキすぎる男《おとこ》の子《こ》って、近《ちか》づきにくかったりするでしょ。

それに教室《きょうしつ》のみんなが、こっちに注目《ちゅうもく》してるみたいな気《き》がして。

「きのうさ、翔太《しょうた》から、一《いち》ノ瀬《せ》さんのお誕生会《たんじょうかい》に行《い》かないかとさそわれたんだけど、ぼくなんかが行《い》ってもいいのかな」

と、松岡《まつおか》くんは遠慮《えんりょ》がちにいった。

「も、もっちろん」

わたしは、大《おお》きくうなずいた。

「でも、ぼく、一ノ瀬《いちのせ》さんとあんまりしゃべったこともないしさ」

わたし、こまっちゃって。そんなことで、こないなんていわれたらショックだもの。

それで、口走《くちばし》っちゃった。

「だから、これを機会《きかい》に仲《なか》よくなればいいのよ。ね、そうでしょ」

「なるほど。そっか、そうだね」

松岡《まつおか》くんの笑顔《えがお》。

うん、やっぱりステキ。

「じゃあ、明日《あした》、行《い》くよ」

「ええ、待《ま》ってるから」

松岡《まつおか》くんがはなれてゆく。

その後《うし》ろ姿《すがた》にまたニンマリ。

うふうふ。

やっぱりきてくれるんだ。

楽《たの》しいお誕生会《たんじょうかい》になりそうだなぁ。

すると、そんな松岡《まつおか》くんと入《い》れかわりに、ばら子《こ》たちがやってきた。

ばら子《こ》っていうのは、大蔵《おおくら》ばら子《こ》。

お父《とう》さんが大《おお》きな会社《かいしゃ》の社長《しゃちょう》とかで、そのこと鼻《はな》にかけていつもツンとすましてる、やなタイプの女《おんな》の子《こ》。

そして、その子分《こぶん》みたいにいつもくっついているのが、川田《かわだ》さんと宮前《みやまえ》さん。

この三人《にん》、自分《じぶん》たちのこと『白《しろ》ばら隊《たい》』なんて呼《よ》んでるのよ。

名前《なまえ》がそうだからって、ちょっとうぬぼれすぎじゃないかと思《おも》うんだけどね。

ま、たしかにばら子《こ》は美人《びじん》だけどさ。

「ね、今《いま》、松岡《まつおか》くんとなにを話《はな》してたの」

ばら子《こ》がいったの。

「べつに」

わたしは知《し》らん顔《かお》。

じつは、ばら子《こ》も松岡《まつおか》くんのファンらしいんだよね。

もちろん松岡《まつおか》くんは相手《あいて》にしてないんだけどね。

でも、お誕生会《たんじょうかい》にきてくれるってわかったら、やきもちやかれるかもしれないでしょ。

さわらぬばら子《こ》にたたりなしってわけ。

わたしがとぼけちゃったので、子分《こぶん》の川田《かわだ》さんと宮前《みやまえ》さんがつっかかってきた。

「一ノ瀬《いちのせ》さん。ばら子《こ》さんに対《たい》して、そんな態度《たいど》、失礼《しつれい》なんじゃないの」

「あら、そうかしら」

「ばら子《こ》さんのお父《とう》さまはね、大《おお》きな会社《かいしゃ》の……」

わたしは席《せき》から立《た》ちあがったの。

もう何十回《なんかい》と聞《き》いてるんだよね、そのセリフは。なにかというと、すぐそれをもちだすんだから。関係《かんけい》ないのにね、そんなこと。

「あら、わたし、用事思《ようじおも》いだしちゃった」

わたしはとぼけたふり。

そして三人《にん》のあいだをススイと通《とお》りぬけて、ドアの方《ほう》へむかったの。

「まあ、なによ、あの態度《たいど》」

三人《にん》がフンガイしながらまだなにかいってる。

でも、もちろんわたしは知《し》らん顔《かお》して、廊下《ろうか》に出《で》たの。

ひとりになったとたん、愛美《あいみ》があらわれた。

「なーに、今《いま》の女《おんな》の子《こ》たち、かんじわるーい」

いってから、愛美《あいみ》はあわてて口《くち》に手《て》をあてた。

「あ、いけない。こんなこといったら神様《かみさま》にしかられちゃう。ぜったい禁止《きんし》なの、人《ひと》の悪《わる》口《くち》は」

わたし、くすって笑《わら》っちゃった。

愛美《あいみ》、天国《てんごく》の学校《がっこう》で優秀《ゆうしゅう》だなんていってたけど、けっこうドジなところもあるみたい。

「ね、松岡《まつおか》くん見《み》た？」

「もちろん」

「なかなかカッコイイでしょう」

わたしはちょっと自慢《じまん》そうにいったの。

なのに、愛美《あいみ》ったら。

「そうねぇ。たしかにいいけど、わたしは翔太《しょうた》くんのほうがカッコイイと思《おも》うけどな」

なんていうもんだから、わたし、ガクッときちゃった。

「うっそぉ。松岡《まつおか》くんのほうが百倍《ばい》もカッコイイわよ。それとも、愛美《あいみ》、翔太《しょうた》にひとめぼれしちゃったとか」

すると愛美《あいみ》はくふくふ笑《わら》った。

「やだ、そんなことないわよ。わたし、天国《てんごく》にちゃんとボーイフレンドいるもん」

「へえ、ほんとに」

わたしはびっくり。

天国《てんごく》でも、ちゃんとそういうことってあるんだ。

「今度《こんど》、紹介《しょうかい》してあげるね」

「うん、ぜったい」

なんて約束《やくそく》しちゃったけど、後《あと》からなんだか変《へん》なかんじがしちゃった。

だって愛美《あいみ》のボーイフレンドってことは、その男《おとこ》の子《こ》も天国《てんごく》の住人《じゅうにん》ってことでしょう。

この世《よ》の人《ひと》ではないってこと。

仲《なか》よくなれるかなぁって。


放課後《ほうかご》。

帰《かえ》りぎわ、お誕生会《たんじょうかい》に招待《しょうたい》してる飯島《いいじま》さんと笹倉《ささくら》さんに声《こえ》をかけた。

「土曜日《どようび》、だいじょうぶでしょう？」

「もちろん」

「そ、よかった」

「楽《たの》しみにしてるから」

ふたりとも、もちろんOK《オーケー》。

それから、本田《ほんだ》さんの姿《すがた》をさがしたんだけど、見《み》つからないの。

机《つくえ》を見《み》ると、カバンが置《お》いてあるからまだ残《のこ》ってるはずなんだけど、どこに行《い》っちゃったんだろう。

おトイレかな。それとも図書室《としょしつ》にでも行《い》ってるのかな。

しばらく待《ま》ってたんだけど、なかなか帰《かえ》ってこない。

そこへ舞《まい》ちゃんと美咲《みさき》ちゃんがきた。

「帰《かえ》ろうよ」

っていわれて、少《すこ》し心残《こころのこ》りだったんだけど、教室《きょうしつ》を出《で》たの。

そして、校庭《こうてい》を回《まわ》って通学路《つうがくろ》に出《で》ようとしたところで、ウサギ小屋《ごや》をそうじしてる本田《ほんだ》さんが目《め》に入《はい》ったの。

「あれ、本田《ほんだ》さん、そうじしてる」

舞《まい》ちゃんがいった。

「あ、ほんとだ。でも本田《ほんだ》さん、今日当番《きょうとうばん》じゃないはずよ」

「そうよ。当番《とうばん》はたしか、ばら子《こ》たちだったわ」

わたしたちはウサギ小屋《ごや》に近《ちか》づいたの。

「本田《ほんだ》さん」

声《こえ》をかけると、

「あら」

と、本田《ほんだ》さんがふりむいた。

「今日《きょう》、ばら子《こ》たちが当番《とうばん》じゃなかった？」

わたしがいうと、本田《ほんだ》さんはちょっと肩《かた》をすくめた。

「そうだけど、つごうがわるいから、代《か》わってっていわれたの」

「つごうってなに？」

「さあ、そこまで聞《き》かなかったけど」

美咲《みさき》ちゃんがいった。

「つごうなんてきっとウソよ。だって、さっきあの三人《にん》、帰《かえ》りに遊《あそ》ぶ約束《やくそく》してたもの」

「つまり、本田《ほんだ》さんに、そうじおしつけちゃったってわけね」

わたしはすごく腹《はら》が立《た》った。

だってあの三人《にん》、いつもそうなんだもの。

なにが白《しろ》ばら隊《たい》よ。

名前《なまえ》ばっかりカッコつけちゃって。

「そんなの代《か》わってあげることないのに」

わたしがいうと、本田《ほんだ》さんはにっこり笑《わら》って首《くび》をふった。

「いいの、動物好《どうぶつす》きだから」

本田《ほんだ》さんって、そういう人《ひと》なの。

だから、わたしもお誕生会《たんじょうかい》にきてもらいたいって思《おも》ったんだもの。

「手伝《てつだ》おうか、わたしたち」

わたしはさっそくブラウスのそでをまくりあげたんだけど。

「だいじょうぶ。もうすぐおわりだから」

と、いわれちゃって。

「そう」

「ありがとう」

手伝《てつだ》うことがないから、しかたなくわたしはそでをおろした。

「お誕生会《たんじょうかい》、きてくれるでしょ」

「ええ」

「待《ま》ってるから」

本田《ほんだ》さん、にっこり。

「そいじゃね。バイバイ」

「バイバイ」

本田《ほんだ》さんとわかれて、その帰《かえ》り道《みち》のとちゅう、舞《まい》ちゃんと美咲《みさき》ちゃんと、また、松岡《まつおか》くんのことで話《はなし》がもりあがっちゃった。

やっぱりね、ふたりとも朝《あさ》からちょっと興奮《こうふん》ぎみ。

「夢美《ゆめみ》のお誕生会《たんじょうかい》に松岡《まつおか》くんがくること聞《き》いたら、白《しろ》ばら隊《たい》さぞかしくやしがるだろうなあ」

「ほんと、ほんと」

舞《まい》ちゃんも美咲《みさき》ちゃんもわくわくした顔《かお》つきだった。

「今日《きょう》ね、松岡《まつおか》くんとちょっとしゃべったら、白《しろ》ばら隊《たい》、わたしに文句《もんく》いいにきたのよ。失礼《しつれい》しちゃうでしょう」

「ほんと、関係《かんけい》ないじゃない、ねえ」

「ばら子《こ》、松岡《まつおか》くんのこと好《す》きだから」

「ほんと」

「ばら子《こ》になんか負《ま》けてたまるかっ！」

美咲《みさき》ちゃんがやけにリキを入《い》れていったので、わたしと舞《まい》ちゃん、思《おも》わず顔《かお》を見《み》あわせて、目《め》をぱちくり。

「あれ、もしかして美咲《みさき》ちゃんも松岡《まつおか》くんのファン？」

「ええっ。ということは、夢美《ゆめみ》ちゃんも？」

「ええっ。それじゃ舞《まい》ちゃんもなの？」

なんのことはない、三人《にん》とも、ファンだったたってわけ、松岡《まつおか》くんの。

こまったもんよねぇ。

わたしたち、おたがいの顔《かお》を見《み》て、思《おも》いっきり笑《わら》っちゃった。

4 とんだお誕生会《たんじょうかい》

そして、とうとうわたしのお誕生会《たんじょうかい》の日《ひ》がやってきた。

朝《あさ》からそわそわしっぱなし。

お母《かあ》さんは、お料理《りょうり》を作《つく》るのでキッチンに入《はい》りっぱなしだし。

わたしがテーブルの上《うえ》にお皿《さら》やフォークをならべてると、

「夢美《ゆめみ》ったら、ずいぶんはりきってるのね」

部屋《へや》のすみのピアノのイスに、愛美《あいみ》はちょこんとすわって、にこにこしながらこっちを見《み》ていた。

「なあんだ、愛美《あいみ》」

こんな突然《とつぜん》の出現《しゅつげん》にもすっかりなれちゃった。

会《あ》って、もう三日目《みっかめ》だもん。

「やっぱり、松岡《まつおか》くんがくるから？」

「もっちろん」

「なーるほどね。でも、わたしは翔太《しょうた》くんがくるのが楽《たの》しみだな。いいじゃない、翔太《しょうた》くんって」

「やだ、愛美《あいみ》ったらまだいってる。松岡《まつおか》くんにくらべたら、月《つき》とスッポンよ。ほんと、あいつったら、口《くち》はわるいし、態度《たいど》はデカいし」

すると、テラスの方《ほう》から、

「だれが口《くち》がわるくて、態度《たいど》がデカいって？」

と、翔太《しょうた》が顔《かお》をのぞかせたもんだから、びっくりぎょうてん。

わたしはあわててピアノの方《ほう》をふりかえったの。

でも、もちろんもう愛美《あいみ》の姿《すがた》は消《き》えていて、ホッ。

翔太《しょうた》ったら、ふしぎそうに部屋《へや》の中《なか》を見《み》まわした。

「あれ、だれもいないのか」

「もちろん、わたしひとりよ」

「じゃあ、おまえ今《いま》、いったいだれとしゃべってたんだ？」

「えっと、べつに。ひとりごと」

すると翔太《しょうた》はまじまじとわたしの顔《かお》を見《み》てこういったの。

「おまえ、どっかわるいんじゃないのか」

思《おも》わず、わたしのほっぺたはふくらんじゃった。

いったい、どこがわるいっていうのよ。

翔太《しょうた》ったらほんとうに失礼《しつれい》なんだから。

だから、キツーイ言葉《ことば》でいってやったの。

「それよか、早《はや》くあがって手伝《てつだ》ってよ。さもなきゃ、ごちそう食《た》べさせてやんないんだから」

翔太《しょうた》はしぶしぶスニーカーをぬいで、あがってきた。

「それで、オレはなにをすればいいわけ？」

「テーブルのまわりにクッションならべて」

「へいへい」

翔太《しょうた》はすみに重《かさ》ねてあったクッションをもちあげると、ぽんぽん放《ほう》りなげはじめた。

わたし、金切《かなき》り声《ごえ》。

「だめっ。ホコリがたつでしょ。それに、もっときちんとならべてよ」

「おー、うるせぇ」

翔太《しょうた》ったらぺろりと舌《した》を出《だ》すばっかり。

そこへお母《かあ》さんが、フライドチキンを山盛《やまも》りにしたお皿《さら》をもって入《はい》ってきた。

「あら、翔太《しょうた》くん、いらっしゃい」

「こんちは」

こういうときだけいい子《こ》ぶって、翔太《しょうた》はぺこりと頭《あたま》をさげた。

「お友達《ともだち》は？」

「もうすぐくると思《おも》います」

「そう。夢美《ゆめみ》、これここに置《お》くわよ」

そういって、お母《かあ》さんがお皿《さら》を置《お》いて出《で》ていくと、すばやく翔太《しょうた》の手《て》がのびて、フライドチキンを一個《こ》、パクッ。

「翔太《しょうた》！」

わたし、にらみつけちゃった。

まったく、油断《ゆだん》もスキもあったもんじゃないんだから。

そんなこんなで、ようやく用意《ようい》もととのい、テーブルの上《うえ》にお母《かあ》さんのごちそうがいっぱいならんだころ、みんながやってきた。

「こんにちはー」

「おじゃましまーす」

一番《いちばん》のりは、舞《まい》ちゃんと美咲《みさき》ちゃん。つぎに飯島《いいじま》さんと笹倉《ささくら》さん。そして、本田《ほんだ》さん。

それから最後《さいご》に、松岡《まつおか》くんがやってきた。

「ご招待《しょうたい》ありがとう」

玄関《げんかん》で、松岡《まつおか》くんはまるで紳士《しんし》みたいなあいさつをしたものだから、わたしはすっかりドギマギしちゃった。

「は、はい。ど、どうぞ、中《なか》へ」

ピノキオみたいにカチンコチンになってると、

「くすくす」

と、耳《みみ》もとで、愛美《あいみ》の笑《わら》い声《ごえ》が聞《き》こえちゃって、こまったわ。

松岡《まつおか》くんがくることは、舞《まい》ちゃんと美咲《みさき》ちゃんしか知《し》らなかったので、部屋《へや》に入《はい》ると、
飯島《いいじま》さんや笹倉《ささくら》さんや本田《ほんだ》さんは、びっくりしたみたいだった。

「おー、松岡《まつおか》、おせーぞ」

翔太《しょうた》って、ほんっと口《くち》がわるいの。

こんな紳士《しんし》の松岡《まつおか》くんと友達同士《ともだちどうし》なんて、まだ信《しん》じられない。

全員《ぜんいん》がそろったところで、まずはジュースでカンパイ。

それから、みんなはプレゼントを出《だ》してくれたの。

舞《まい》ちゃんと美咲《みさき》ちゃんからはビーズセット。二十四色《しょく》もあるのよ。それが透明《とうめい》のプラスチックのケースに入《はい》ってるの。

「わぁ、きれい」

思《おも》わずうれしくってさけんじゃった。

飯島《いいじま》さんからは、リボンと髪止《かみど》め。

「こういうの、ほしかったの」

笹倉《ささくら》さんからは、おそろいのカンペンとシャープペン。

「明日《あした》からさっそく使《つか》うことにする」

本田《ほんだ》さんからは手作《てづく》りのウサギのマスコット人形《にんぎょう》。

「かわいい。こんど、わたしにも作《つく》り方《かた》、教《おし》えてね」

そして、松岡《まつおか》くんからは。

とーっても、ステキなハンカチが二枚《まい》。

「女《おんな》の子《こ》へのプレゼントって、よくわかんなくって」

と、ちょっと松岡《まつおか》くんはてれくさそうに、それをさしだしたの。

ピンク地《じ》に花《はな》もようのハンカチと、水色《みずいろ》に白《しろ》い水玉《みずたま》もようのハンカチ。

どっちもとっても気《き》に入《い》っちゃった。

松岡《まつおか》くんって、しゅみがいいのよね。

最後《さいご》は、翔太《しょうた》。

翔太《しょうた》は後《うし》ろにかくしてたプレゼントをさしだした。
「ほい、これ」
それはプラモデル。
それも飛行機《ひこうき》の。
「これ……？」
わたし、しばしボーゼンとしちゃった。
だって、こんなプレゼントってある？　わたし、男《おとこ》の子《こ》じゃないのよ。
女《おんな》の子《こ》はみんな笑《わら》ってた。
翔太《しょうた》は笑《わら》われて、ちょっとブスッとしてたけど。
ま、翔太《しょうた》らしいっていえば、そうだけどね。
そこへ、お母《かあ》さんができたてのケーキをもって入《はい》ってきた。
みんないっせいに「わあっ」って歓声《かんせい》。
わたしは鼻《はな》たかだか。
だって、お母《かあ》さんのケーキって、すっごい豪華《ごうか》でおいしいんだもん。

イチゴのほかにも、フルーツがいっぱいのってるの。バナナとかキウィとかメロンとか。

もちろん、ローソクもちゃんと十一本《ぽん》そろってる。

火《ひ》をつけて、ハッピーバースデーを歌《うた》ってもらって、それからふうってふき消《け》した。

もう一度《いちど》、ジュースでカンパイした。

それからみんなでゲームしたり写真《しゃしん》をとったり、すっごく楽《たの》しくて。

松岡《まつおか》くんって、けっこうつきあいやすいんだよね、こうしていると。

よかった、きてくれて。

みんなものってるし。

でも、本田《ほんだ》さんがちょっと元気《げんき》ないみたい。

で、心配《しんぱい》になって、

「楽《たの》しくない？」

って聞《き》いたの。

そしたら本田《ほんだ》さん、あわてて首《くび》をふって、

「ううん、楽《たの》しい。とってもいい思《おも》い出《で》が作《つく》れたわ」

なんていうんだもん。

まるで、これが最後《さいご》みたいないい方《かた》だったから、わたしは思《おも》わず、

「オーバーねえ」

って笑《わら》っちゃった。

だってそうでしょう。お誕生会《たんじょうかい》は来年《らいねん》も再来年《さらいねん》もやるつもりよ、わたし。

もちろん、このメンバーみんなで。

と、まあ、こんなふうにすっかりもりあがってたとき、ピンポーンと玄関《げんかん》のチャイムが鳴《な》ったの。

「はーい」と、わたしは玄関《げんかん》へ。

てっきり近所《きんじょ》のおばさんか、新聞屋《しんぶんや》さんだと思《おも》ったら。

なんとそこに立《た》っていたのは。

だれだと思《おも》う？

白《しろ》ばら隊《たい》の三人《にん》じゃない。

「こんにちは、お誕生日《たんじょうび》おめでとう」

と、ばら子《こ》が真《ま》っ白《しろ》なばらの花束《はなたば》をさしだした。

「うちの庭《にわ》にさいてるのを切《き》ってきたの」

「えっ、あ、はい、どうもありがとう」

受《う》けとったけど、真《ま》っ白《しろ》なのはわたしの頭《あたま》の中《なか》。

どうなってるの、これ。

すると、あとから出《で》てきたお母《かあ》さんが、「どうぞ、どうぞ」なんて、白《しろ》ばら隊《たい》の三人《にん》を部屋《へや》にあげちゃったのね。

わたしもばらの花束《はなたば》なんてもらっちゃったものだから、あげないわけにはいかなくて。

ばら子《こ》、部屋《へや》の中《なか》に入《はい》ると、みんなを前《まえ》にしてこういったの。

「きのう、翔太《しょうた》くんから一ノ瀬《いちのせ》さんのお誕生会《たんじょうかい》があるってこと聞《き》いたの。だから、ちょっとよってみたんだけど、おジャマだったかしら」

翔太《しょうた》ったら、ちょっとばかりばら子《こ》が美人《びじん》だからって、すぐベラベラしゃべっちゃって。

ばら子《こ》にそんなふうにいわれたら、いくらなんでも、「はい、ジャマです」とはいえないわよねぇ。

だから、しぶしぶ仲間《なかま》に入《い》れてあげたの。
本当《ほんとう》は、白《しろ》ばら隊《たい》がきた理由《りゆう》はわかってる。
きっと、翔太《しょうた》から松岡《まつおか》くんがくるってことも聞《き》いて、ていさつにきたにちがいない。
まったく、翔太《しょうた》のおしゃべりが。
ばら子《こ》ったら、すぐに松岡《まつおか》くんのとなりの席《せき》をじんどった。
それがあまりにも当然《とうぜん》って態度《たいど》なので、だれも文句《もんく》いえなくて。
そこは、さっきまでわたしの席《せき》だったのにぃ。
あー、これもみんな翔太《しょうた》のせい。
「さ、ゲームのつづきをやりましょうよ」
ばら子《こ》ったら、すっかりおちついちゃって。
わたしは翔太《しょうた》の顔《かお》を思《おも》いっきりにらみつけたんだけど、翔太《しょうた》は食《た》べるのに一生懸命《いっしょうけんめい》で、
そんなわたしに気《き》づきもしないんだから。
翔太《しょうた》のばかっ！

5
大切《たいせつ》なプレゼント

その夜《よる》。

お誕生会《たんじょうかい》もぶじおわり、おふろにも入《はい》って、お部屋《へや》で明後日《あさって》の時間割《じかんわり》をあわせながら、わたしは愛美《あいみ》とおしゃべりした。

「松岡《まつおか》くんもなかなかね」

愛美《あいみ》はベッドのはしにこしかけている。

「でしょう」

机《つくえ》の上《うえ》には、みんなからもらったプレゼントがならんでる。

その中《なか》から、わたしは松岡《まつおか》くんからもらったハンカチを手《て》にとった。

ピンク地《じ》に花《はな》もようと、水玉《みずたま》もようの二枚《まい》。ほんと、見《み》れば見《み》るほどかわいい。

愛美《あいみ》がそばに近《ちか》づいてきた。

「うれしそうな顔《かお》しちゃって」

「ふふ、だって本当《ほんとう》にうれしいんだもん」

「翔太《しょうた》くんのプラモデルもなかなかじゃない」

「そうかなぁ」

わたしはプラモデルに目《め》をむけたの。

「でも、こんなの女《おんな》の子《こ》にプレゼントするなんて、ちょっとピントがはずれてると思《おも》わない?」

「そこが翔太《しょうた》くんらしいんじゃない」

「ま、そうかもしれないけど」

「それにしても、白《しろ》ばら隊《たい》が登場《とうじょう》したときは、びっくりしちゃったわよね」

「ほんと、招待《しょうたい》もしてないのにくるなんて、すっごい度胸《どきょう》よね」

思《おも》いだして、またムカムカ。

あれからまったくペースがくるっちゃったんだもん。

すっかり主役《しゅやく》はばら子《こ》。

だれのお誕生会《たんじょうかい》かわからなくなって。

「松岡《まつおか》くんってもてるから、ライバルが多《おお》くて、夢美《ゆめみ》、大変《たいへん》だね」

「まあね。でも、わたしにはこれがあるからいいの」

そう、プレゼントされた松岡《まつおか》くんのハンカチがあるんだもん。

それだけでもしあわせ。

毎日学校《まいにちがっこう》にもっていこうっと。もちろん、もったいないから使《つか》ったりしないの。だいじにしまっておくだけ。

わたしはカバンをあけると、体操服《たいそうふく》の奥《おく》のほうに、大切《たいせつ》にそのハンカチ二枚《まい》をしまったの。


そして、月曜日《げつようび》。

わたしは、ウキウキした気分《きぶん》で学校《がっこう》にでかけた。

もちろんカバンの中《なか》には、松岡《まつおか》くんからもらったハンカチが入《はい》ってる。

それだけで、いつもは重《おも》いカバンも、今日《きょう》はとっても軽《かる》くかんじちゃうんだから、フ・シ・ギ。

教室《きょうしつ》に入《はい》ると、すぐに松岡《まつおか》くんと目《め》があって、

「おとといはどうもありがとう。とっても楽《たの》しかったよ」

なんて、いわれちゃった。

「わたしこそありがとう。あのハンカチ、だいじに使《つか》うから」

「気《き》に入《い》ってくれた？」

「もちろん。チョーお気《き》に入《い》り」

なんせ、松岡《まつおか》くんからのプレゼントなんだもん、気《き》に入《い》らないわけがないじゃない、ねえ。

遠《とお》くで、白《しろ》ばら隊《たい》の三人《にん》がちょっとくやしそうにこっちを見《み》てる。

なによ、きのうあれだけジャマしといて。まだたりないわけ。

わたしは「オホホ」ってよゆうの笑顔《えがお》をうかべて、あとは「知《し》ーらない」って、ムシしちゃった。

四時限目《じげんめ》の授業《じゅぎょう》は体育《たいいく》。

今日《きょう》は、鉄棒《てつぼう》なの。

正直《しょうじき》いうと、わたし、鉄棒《てつぼう》ってあんまり得意《とくい》じゃないのよね。

逆上《さかあ》がりができないの。一生懸命足《いっしょうけんめいあし》をポーンて空《そら》にむかってあげるんだけど、いつもから回《まわ》り。

どしーんて、落《お》ちちゃう。

おしりが重《おも》いのかな、なんてなやんじゃったりして。

休《やす》み時間《じかん》におトイレに行《い》ってたりしたものだから、着《き》がえの時間《じかん》がなくなって超特急《ちょうとっきゅう》。

カバンの中《なか》から体操服《たいそうふく》をひっぱりだすと、急《いそ》いでたものだから、手《て》がひっかかって中身《なかみ》がみんな飛《と》びでちゃった。

「いけない、いけない」

それをつっこんで、着《き》がえて、あわてて運動場《うんどうじょう》に。

到着《とうちゃく》と同時《どうじ》に、ちょうどチャイムが鳴《な》って、すべりこみセーフ。

ホッとした。

なのに、まだきてない子《こ》もいるのよね。

みんなけっこうノンビリしてるんだから。

あ、翔太《しょうた》もまだみたい。

それでも、先生《せんせい》がくるころまでには、ほとんどがそろっていた。

あとは、白《しろ》ばら隊《たい》だけ。

「あの三人《にん》はどうした」

整列《せいれつ》してから、先生《せんせい》がいった。

そのとき、三人《にん》が息《いき》をハーハーはずませながら走《はし》ってきたの。

「スミマセーン」

なんて、かわい子《こ》ぶった声《こえ》でいっちゃって。

「こら、遅刻《ちこく》はいかんぞ」

先生《せんせい》の声《こえ》に、三人《にん》はちょっと首《くび》をすくめた。

白《しろ》ばら隊《たい》ってよくあるのよね、こういうこと。

なにかというと、クシで髪《かみ》の毛《け》をとかしたり、ソックスをきれいにはき直《なお》したりって、ほんと、時間《じかん》がかかるんだから。

白《しろ》ばら隊《たい》の三人《にん》。そのとき、わたしを見《み》て、クスッて笑《わら》った。

ん？

今《いま》のはなに？　変《へん》なの。

なんて思《おも》っていると、

「じゃあ、始《はじ》めるぞ」

と、鉄棒《てつぼう》の前《まえ》に先生《せんせい》が立《た》っていった。

わたしはあわてて先生《せんせい》のほうに。

今日《きょう》は逆上《さかあ》がりに、足《あし》かけ前回《まえまわ》りがあるのよね。

先生《せんせい》は生徒《せいと》をぐるりと見《み》まわすと、松岡《まつおか》くんを手《て》まねきした。

「おい、松岡《まつおか》、ちょっと模範演技《もはんえんぎ》をやってみろ」

「はい」

女《おんな》の子《こ》たち、ちょっとザワザワ。

松岡《まつおか》くんはてれくさそうに前《まえ》に出《で》ると、すぐに鉄棒《てつぼう》に手《て》をかけた。

そして、ポンと地面《じめん》をけりあげて、クルッ。

おみごと。

逆上《さかあ》がりなんか、チョチョイのチョイ。

鉄棒《てつぼう》の上《うえ》にのっかったところで、片方《かたほう》の足《あし》をひっかけて、足《あし》かけ前回《まえまわ》り。次《つぎ》に足《あし》かけ後《うし》ろ回《まわ》り。それも連続《れんぞく》でやっちゃったもんだから、思《おも》わずみんな拍手《はくしゅ》。

さっすが松岡《まつおか》くん。

勉強《べんきょう》ばっかりじゃなく、スポーツだって万能《ばんのう》なのよね。ほんと、ステキ。

「よーし。みんなもこんな調子《ちょうし》でやるんだぞ」

なんて先生《せんせい》は軽《かる》くいったけど、そんなうまくいくわけないんだよね、これが。

でも、順番《じゅんばん》はまわってきて、いよいよわたしの番《ばん》。

わたしは鉄棒《てつぼう》をしっかりにぎって、

「えいっ、やっ！」

っと、かけ声《ごえ》も勇《いさ》ましく足《あし》をけりあげたんだけど、足《あし》は空《そら》でバタバタするばかり。

もとの地面《じめん》に逆《ぎゃく》もどり。

「あー、だめだ」

自分《じぶん》でため息《いき》がでちゃう。

そんなわたしを見《み》て、先生《せんせい》があきれたようにいった。

「一《いち》ノ瀬《せ》は、かけ声《ごえ》だけはりっぱなんだけどなぁ」

だって。

それ聞《き》いて、みんな笑《わら》いだしちゃった。

松岡《まつおか》くんも笑《わら》ってる。

なかでも、翔太《しょうた》が一番大声《いちばんおおごえ》で、おなかをかかえて笑《わら》っている。

「ギャハハハ、ほんと、声《こえ》だけは天下一品《てんかいっぴん》」

くやしいったらありゃしない。

だからわたし、列《れつ》の後《うし》ろにまわるとき、思《おも》わず翔太《しょうた》の足《あし》をふんづけてやっちゃった。

「いてぇ！」

翔太《しょうた》ったら、足《あし》をかかえて、ぽんぽん飛《と》びまわってる。

ふん、いいきみ。

6 ハンカチが消《き》えた！

体育《たいいく》がおわって、教室《きょうしつ》にもどった。
次《つぎ》は給食《きゅうしょく》の時間《じかん》。
机《つくえ》の上《うえ》をきれいにしなくちゃいけない。
わたしのカバンの中《なか》は、さっき急《いそ》いで着《き》がえたものだからぐっちゃくちゃ。
で、今度《こんど》はちゃんと体操服《たいそうふく》をたたんで中《なか》に入《い》れたの。
そのとき。
「あれ……」
って思《おも》った。
だって、あのハンカチが見《み》あたらなかったから。

もちろん、松岡《まつおか》くんからプレゼントされた、あのハンカチのこと。
わたしはカバンの中《なか》に手《て》をつっこんだ。
で、さがした。
でも、ない。
今度《こんど》はカバンをさかさまにして。
入《い》れたばかりの体操服《たいそうふく》もみんなだして。
でも、ない。やっぱりない。
「うそ……」
信《しん》じられなくて、胸《むね》がドキドキしてきた。
それから、かがんでそこらあたりもさがした。机《つくえ》の後《うし》ろとか、イスの下《した》とか。
もしかしたら、さっき着《き》がえるとき、落《お》としたんじゃないかなって。
でも、ない。どこにもないの。
すると、
「夢美《ゆめみ》ちゃん、なにさがしてるの」

と、舞《まい》ちゃんと美咲《みさき》ちゃんがやってきた。

「ないの」

わたしはなさけない声《こえ》で机《つくえ》のあいだから顔《かお》をあげたの。

「ないって、なにが？」

「松岡《まつおか》くんからもらったハンカチ」

「えっ」

ふたりの目《め》がテンになった。

「ほんと？」

「うん」

「ないって、どういうこと？」

「今日《きょう》ね、体操服《たいそうふく》といっしょにカバンの中《なか》に入《い》れてきたの。なのに、ないの」

「家《いえ》にわすれてきたとか、そういうんじゃないの」

そこへ給食《きゅうしょく》の配膳車《はいぜんしゃ》がやってきて、当番《とうばん》がみんなのお皿《さら》をくばりはじめた。

「みなさーん、自分《じぶん》の席《せき》に座《すわ》ってくださーい」

舞《まい》ちゃんも美咲《みさき》ちゃんも、席《せき》にもどらなくちゃいけない。

「あとで、いっしょにさがしてあげる」

「うん」

「きっとあるわよ」

「うん……」

わたしはすっかりガックリしていた。

だから、給食《きゅうしょく》は大好《だいす》きなスパゲティだったけど、ちっともおいしくなかった。

ほんとに、どこいっちゃったんだろう、あのハンカチ。

ボソボソ食《た》べていたら、ひょいと翔太《しょうた》が横《よこ》から顔《かお》をのぞかせた。

「おっ、めずらしい、夢美《ゆめみ》が残《のこ》してら。いただきっ」

そして、自分《じぶん》のフォークで、すかさずわたしのスパゲティをクルクルまきつけた。

いつものわたしだったら、

「なにすんのよー！　バカッ！」

なんて、さっきの体育《たいいく》のときじゃないけど、頭《あたま》のひとつぐらいポカリとやるのに、今《いま》はとてもそんな気《き》になれなくて。

すると翔太《しょうた》は、スパゲティをフォークにまきつけたまま、心配《しんぱい》そうな顔《かお》つきになった。

「なんだよ、どうかしたのかよ」

「ううん、べつに」

「はらでも痛《いた》いのか」

「そうじゃないけど」

そのとき、教室《きょうしつ》のすみのほうから、クスクスという笑《わら》い声《ごえ》が。

見《み》ると、白《しろ》ばら隊《たい》の三人組《にんぐみ》。

わたしと目《め》があうと、あわててそらしちゃったけど、意味《いみ》シンな笑《わら》い。

さっきの体育《たいいく》のときもそうだったけど、なんなの、あれは。もしかして、翔太《しょうた》のこと、ひやかしてるつもりなの?

「なんだよ、あいつら」

翔太《しょうた》はスパゲティを口《くち》の中《なか》にほうりこむと、

「ヘンな笑《わら》い方《かた》しちゃってさ。オレ、いくぜ」

と、自分《じぶん》の席《せき》にもどっていった。

けっきょく、スパゲティは食《た》べきれなかったの。

だって、本当《ほんとう》にショックだったんだもん。

ゆううつな気分《きぶん》で、食器《しょっき》を配膳車《はいぜんしゃ》にもどしにいくと、ちょうど、本田《ほんだ》さんといっしょになった。

見《み》ると、本田《ほんだ》さんも半分以上《はんぶんいじょう》も残《のこ》してる。

「きらいなの？　スパゲティ」

と、聞《き》くと、本田《ほんだ》さんは残《のこ》したことを、とってもいけないことだと思《おも》ってるらしくて、きゅうにあたふたした態度《たいど》になった。

「うん……あんまり好《す》きじゃないの」

と、まるで消《き》えてしまいそうな声《こえ》。

それから教室《きょうしつ》から飛《と》びだしていっちゃった。

本田《ほんだ》さんってマジメだから、給食《きゅうしょく》を残《のこ》すぐらいのことでも、すごく気《き》にするんだよね。

いわなきゃよかったかな、あんなこと。

「それにしても……」

また、ため息《いき》。

いったいハンカチはどこへいってしまったのかしら。

その日《ひ》、家《いえ》に帰《かえ》っても、おやつを食《た》べる元気《げんき》もなかった。

部屋《へや》に入《はい》って、カバンを机《つくえ》の上《うえ》に置《お》くと、またため息《いき》。

だって、給食《きゅうしょく》のあと、舞《まい》ちゃんと美咲《みさき》ちゃんもいっしょにハンカチをさがしてくれたんだけど、やっぱりどこにもなかったんだもの。

「ほんとにどこにいっちゃったんだろうね」

愛美《あいみ》が気《き》の毒《どく》そうな声《こえ》であらわれた。

「ああ、愛美《あいみ》」

「学校《がっこう》で話《はな》してたの聞《き》いたの。こまったわね」

わたしはなんだか泣《な》きたい気分《きぶん》。

あのピンクに花《はな》もようと、水色《みずいろ》に水玉《みずたま》もよう。松岡《まつおか》くんからの大切《たいせつ》なプレゼント。それがなくなってしまうなんて。

もし、落《お》としたんだったら、ぜったい教室《きょうしつ》の中《なか》にあるはずだと思《おも》う。

カバンは教室《きょうしつ》以外《いがい》でひらいてないし、ほかにもっていったりもしてないんだもの。

なのに、あれだけさがしてもないってことは、もしかしたら、だれかがかくしてるってことかも……。

そんな考《かんが》えにいきついたとき、わたしの頭《あたま》の中《なか》に、ふっと、ある人《ひと》たちの顔《かお》がうかんだの。

そう、もうわかったでしょう。

給食時間《きゅうしょくじかん》。意味《いみ》シンな笑《わら》いでこっちを見《み》ていた三人《にん》。

白《しろ》ばら隊《たい》よ。

もしかしたら、あの三人《にん》がかくしたのかもしれないって。

そして、そう考《かんが》えはじめると、それしかないって気《き》になった。

だって、そうでしょう。

ばら子《こ》は、松岡《まつおか》くんのことが好《す》きなんだし、わたしがハンカチもらったことくやしがってたし、なにより、体育《たいいく》の時間《じかん》、おくれてきたんだから、かくす時間《じかん》はたっぷりあったはず。

「そうよ、きっとそうだ、そうに決《き》まってる」

わたしが思《おも》わず大声《おおごえ》でいうと、愛美《あいみ》はおどろいた顔《かお》をした。

「なにがそうなの？」

「今《いま》、頭《あたま》にひらめいたの。きっと、白《しろ》ばら隊《たい》の三人《にん》がかくしたにちがいないって」

すると愛美《あいみ》は、ちょっとこまったように顔《かお》をしかめた。

「夢美《ゆめみ》、だめよ。証拠《しょうこ》もないのに、かってにそんなふうに決《き》めつけちゃ」

「だって、ほかにだれが考《かんが》えられる？」

「ん……」

「きっと、ばら子《こ》はわたしに意地悪《いじわる》しようと、ハンカチどこかにかくしたのよ。そうよ。ぜったいそう。そうに決《き》まってる」

でも、やっぱり愛美《あいみ》は首《くび》をふった。

「いけないよ、そんなふうに考《かんが》えちゃ。わたし、天国《てんごく》の神様《かみさま》にいつもいわれてるの。人《ひと》をうたがうことはとてもかなしいことだって」

わたしは愛美《あいみ》から目《め》をそらして、ベッドのはしっこに腰《こし》をおろしたの。

そりゃ、そうかもしれないけど……。

でも、なくなったのは、わたしの大切《たいせつ》なハンカチなのよ。

そんな冷静《れいせい》になれないって。

だからつい、

「愛美《あいみ》は見《み》てないの、だれがとったか」

と、ちょっとキツめの言葉《ことば》でいったの。

すると、愛美《あいみ》、

「そんなの、見《み》てない」

「どうして見《み》てないの。愛美《あいみ》は霊魂《れいこん》なんだから、どんなところでも見《み》られるんでしょう」

「そんなことない。そうだったら夢美《ゆめみ》のトイレしてるところも、おふろに入《はい》ってるところも、みんな見《み》られちゃうってことでしょう。わたしがこうしてあらわれることができるのは、夢美《ゆめみ》がわたしに会《あ》いたいと思《おも》う気持《きも》ちと、わたしが夢美《ゆめみ》に会《あ》いたいと思《おも》う気持《きも》ちが重《かさ》なったときだけ」

「うそ。わたしが思《おも》ってなくても、あらわれたことあるじゃない」

「それは、口《くち》ではそういっても、心《こころ》のどこかでわたしに会《あ》いたいって思《おも》ってるのよ。そうじゃないと、出《で》てこられないの。そういう決《き》まりになってるんだもの」

「つまり、愛美《あいみ》は知《し》らないのね、ハンカチ、だれがかくしてるかってことは」

「知《し》らない」

「だったら、白《しろ》ばら隊《たい》じゃないって証拠《しょうこ》もないじゃない」

「……」

愛美《あいみ》、だまっちゃった。

わたしはベッドにごろりとねころんで、愛美《あいみ》に背《せ》をむけた。

だって、ちょっと、くやしかったんだもの。

ていうより、愛美《あいみ》の意見《いけん》があんまり正《ただ》しいものだから、なんだか反発《はんぱつ》したくなっちゃったの。

本当《ほんとう》はちゃんとわかってるつもり。

人《ひと》をうたがうってのがよくないことは。

でも、素直《すなお》になれなくて。

すると、愛美《あいみ》はちょっと怒《おこ》ったような声《こえ》でいった。

「なによ、わたしに八《や》つ当《あ》たりすることないでしょ。わたしだって心配《しんぱい》してあげてるのに」

その言葉《ことば》、ちょっと胸《むね》にズキッとした。

ちゃんとわかってる。愛美《あいみ》が心配《しんぱい》してくれていることは。

愛美《あいみ》のいったとおり、八《や》つ当《あ》たりね、こんなの。

で、あやまろうと思《おも》って、後《うし》ろをふりむいたんだけれど、もう愛美《あいみ》の姿《すがた》は消《き》えていた。

「愛美《あいみ》、愛美《あいみ》」

わたしはあわててタンスまで走《はし》り、テディーベアをだきあげた。

「愛美《あいみ》、ごめん、ごめんね。もう八《や》つ当《あ》たりしないから、出《で》てきて」

でも、テディーベアは知《し》らん顔《かお》。

愛美《あいみ》、本当《ほんとう》に怒《おこ》っちゃったみたい。

そっか、会《あ》いたいって気持《きも》ちがふたりいっしょじゃないと、会《あ》えないんだよね。

今《いま》、愛美《あいみ》はわたしに会《あ》いたくないんだ。

もし、このまま天国《てんごく》にもどったりしたらどうしよう。

せっかく再会《さいかい》できたっていうのに。

「愛美《あいみ》、愛美《あいみ》、本当《ほんとう》にごめん」

しばらく、愛美《あいみ》のこと呼《よ》びつづけたんだけど、やがてため息《いき》といっしょに、わたしはそっと、タンスの上《うえ》にテディーベアをもどしたの。

愛美《あいみ》が怒《おこ》るのもムリないなぁって思《おも》ったから。

だって、こんな意地《いじ》っぱりのわたしだもんね。

今日《きょう》はサイアクの日《ひ》みたい。松岡《まつおか》くんのハンカチはなくなるし、愛美《あいみ》は怒《おこ》らせちゃうし、ほんと、ツイてない……。

7 見《み》つかったのは一枚《まい》だけ

翌日《よくじつ》。

教室《きょうしつ》に入《はい》ると、すぐに、舞《まい》ちゃんと美咲《みさき》ちゃんが近《ちか》づいてきた。

「ね、きのうあれからふたりで話《はな》してたんだけど、こういうことするの、白《しろ》ばら隊《たい》しかいないんじゃないかって」

「わたしもそう思《おも》うの。ほら、ばら子《こ》、夢美《ゆめみ》ちゃんが松岡《まつおか》くんからハンカチもらったこと、すっごいくやしがってたでしょう。だからきっと、くやしまぎれにかくしたんだと思《おも》うわ」

わたしはだまってた。

そのことで、ゆうべ愛美《あいみ》とケンカしちゃってから、ずっと考《かんが》えていたの。

たしかに、白《しろ》ばら隊《たい》の意味《いみ》シンな笑《わら》いは気《き》になるけれど、愛美《あいみ》のいうとおり、確《たし》かな証《しょう》拠《こ》もないのに、人《ひと》をうたがったりしてはいけないって。

でも、だからといって気持《きも》ちの中《なか》には、まだ白《しろ》ばら隊《たい》へのうたがいが完全《かんぜん》に消《き》えているわけではないのよね。

そこんところは、フクザツな気持《きも》ち。

天秤《てんびん》が右《みぎ》にかたむいたり、左《ひだり》にかたむいたりしてる。

「でも、証拠《しょうこ》もないし」

いうと、ふたりとも、うでをくんで「うーん」と、うなった。

「そうなのよねぇ、証拠《しょうこ》がねぇ」

問題《もんだい》はそこなの。

証拠《しょうこ》もないのに、決《き》めつけるわけにはいかないもんね。

そこへ先生《せんせい》が入《はい》ってきた。

ザワザワしていたみんなは、いそいで自分《じぶん》の席《せき》にもどり、朝礼《ちょうれい》が始《はじ》まった。

いつものように出欠《しゅっけつ》をとる。

それから、先生《せんせい》はポケットをごそごそとした。

「じつはきのう、落《お》とし物《もの》の届《とど》けがあったぞ。このハンカチだ」

なんと、そのハンカチは。

「えっ！」

わたしは思《おも》わず顔《かお》をあげた。

美咲《みさき》ちゃんと舞《まい》ちゃんも、目《め》をまあるくしてこっちをふりむいた。

だって先生《せんせい》がひろげたハンカチは、あのピンクに花《はな》もようのハンカチだったから。

「この教室《きょうしつ》に落《お》ちてたから、ここの生徒《せいと》のものだと思《おも》うけど、心当《こころあ》たりの者《もの》はいないか」

わたしは思《おも》わず手《て》をあげて、席《せき》から立《た》ちあがった。

「は、はい、先生《せんせい》。それ、わたしのハンカチです」

「ああ、一ノ瀬《いちのせ》のか。ダメだぞ。自分《じぶん》の持《も》ち物《もの》には、ちゃんと名前《なまえ》を書《か》いておかなくちゃ」

「はい」

わたしは前《まえ》に出《で》て、先生《せんせい》からそのハンカチを受《う》けとった。

すると、先生《せんせい》。

「一ノ瀬《いちのせ》、体育《たいいく》の着《き》がえのとき、よっぽど急《いそ》いでたんだろう。落《お》ちたのは、そのときらしいぞ」

「あの、だれがひろってくれたんですか」

「ああ、これは、大蔵《おおくら》が届《とど》けてくれたんだ。よく、お礼《れい》をいっておきなさい」

大蔵《おおくら》って、ばら子《こ》のこと。

わたしは思《おも》わず、ばら子《こ》をふりむいた。

やっぱりばら子《こ》が関係《かんけい》してたんだ。

それにしても、どうしてわざわざ先生《せんせい》なんかに届《とど》けたりしたんだろう。

だって、このハンカチ、だれのものかってことぐらい、ばら子《こ》はわかってるはずだもの。

お誕生会《たんじょうかい》のときに、わたしが何度《なんど》も出《だ》しては見《み》ていたのを見《み》て知《し》っているはず。

落《お》ちてたんなら、直接《ちょくせつ》、わたしに届《とど》けてくれたらいいのに。

ばら子《こ》、わたしの顔《かお》を見《み》て、クスクス笑《わら》ってた。

でも、やっぱりお礼《れい》はいわなくちゃいけないよね。

だから、ばら子《こ》の席《せき》に近《ちか》づいて、わたしはペコリと頭《あたま》をさげたの。

「どうも、ありがとう」

「いいえ、どういたしまして」

ばら子《こ》はきどって答《こた》えた。

そして席《せき》にもどるとちゅう、ふっと松岡《まつおか》くんと目《め》があった。

松岡《まつおか》くん、わたしをみると、マユを少《すこ》しだけひそめたの。

見《み》ようによっては、ちょっと怒《おこ》ってるようにも見《み》えた。

わたしはハッとした。

松岡《まつおか》くん、気分《きぶん》をわるくしてる。

そりゃそうよね。せっかくプレゼントしたハンカチを落《お》とされちゃうなんて、「気《き》に入《い》らなかったんだ」って思《おも》ってもしょうがないもん。

それで、すぐ松岡《まつおか》くんにはいいわけしようとしたんだけど、今《いま》は朝礼中《ちょうれいちゅう》、そんなわけにもいかなくて。

で、朝礼《ちょうれい》がすんで、すぐに松岡《まつおか》くんの席《せき》にいったの。

「ごめんね、松岡《まつおか》くん」

「え？」

「もらったハンカチ、落《お》としちゃうなんてドジなことやって」

「ああ、いいさ、気《き》にしてないから」

そうはいってくれたけど、やっぱり、あまり気分《きぶん》はよくないみたいだった。

すぐに、男《おとこ》の子《こ》たちと遊《あそ》びにいっちゃったから。

わたしはまたひとつため息《いき》。

席《せき》にもどると、すぐに舞《まい》ちゃんと美咲《みさき》ちゃんがやってきた。

「やっぱり白《しろ》ばら隊《たい》だったわね」

と、舞《まい》ちゃん。

「うん。でも、かくしたんじゃなくて、ちゃんと先生《せんせい》のところに届《とど》けてくれたんだから」

わたしがいうと、美咲《みさき》ちゃんはフンガイしたようにいった。

「でも、やり方《かた》がイジワルじゃない。きっと、松岡《まつおか》くんに夢美《ゆめみ》ちゃんのことわるく思《おも》わせようとして、わざと先生《せんせい》に届《とど》けたのよ」

「かもね……」

それから、舞《まい》ちゃんがいった。

「でも、一枚《まい》は見《み》つかったとしても、じゃあ、もう一枚《まい》のほうはどうなったのかしら」

問題《もんだい》はそこだった。

わたしもさっきからずっとそれを考《かんが》えていたの。

あの水玉《みずたま》もようのほうのハンカチはどうなったのかって。

美咲《みさき》ちゃんが声《こえ》を小《ちい》さくしていった。

「ね、もしかして、まだ白《しろ》ばら隊《たい》がもってるんじゃない？」

「えっ、白《しろ》ばら隊《たい》が？　まさか」

わたしがいうと、舞《まい》ちゃんまでもがうなずいた。

「じつは、わたしもそう思《おも》ってたの。先《さき》に一枚《まい》だけ先生《せんせい》に届《とど》けて、あとからまた、届《とど》けるつもりなのよ。そしたら、松岡《まつおか》くん、またまた夢美《ゆめみ》ちゃんに対《たい》して気分《きぶん》をわるくするでしょう。きっと、それねらってるんだわ」

わたしは首《くび》をふった。

「そんなの、考《かんが》えすぎよ」

「だって、カバンから落《お》ちたんなら、ふつうは二枚《まい》とも同《おな》じところにあるんじゃない？ハネがはえてどこかに飛《と》んでいっちゃうわけないんだから。なのにひろったのは、一枚《まい》だけなんて、ちょっと変《へん》よ」

「うんうん、わたしもそう思《おも》う」

美咲《みさき》ちゃんも舞《まい》ちゃんもしんけんな顔《かお》でうなずいてる。

わたしとしては……ん、やっぱり……わかんない。

そこで、美咲《みさき》ちゃんが提案《ていあん》した。

「ね、こんなところで話《はな》してるより、このさい、白《しろ》ばら隊《たい》に直接《ちょくせつ》聞《き》いてみたらどうかしら」

「聞《き》くって、なにを」

「もちろん、もう一枚《まい》のハンカチのゆくえ」

「でもねぇ」

あんまりのり気《き》じゃないなぁ、それ。

だって、もってるかどうかわかんないんだし。

でも、美咲《みさき》ちゃんと舞《まい》ちゃんは、先《さき》にそれを決《き》めちゃって、どんどん白《しろ》ばら隊《たい》の席《せき》のほうに近《ちか》づいていった。

わたしはあわてておいかけた。

なんだかふたりとも、すっかり興奮《こうふん》しちゃってるんだもの。

だから、もうこうなったら、あたってくだけろ。それしかないって、わたしも覚悟《かくご》を決《き》めたの。

教室《きょうしつ》の真《ま》ん中《なか》で、白《しろ》ばら隊《たい》はいつものようにばら子《こ》を中心《ちゅうしん》に三人《にん》でおしゃべりしてた。

そこにツカツカと美咲《みさき》ちゃん。

「ばら子《こ》さん、ちょっと聞《き》きたいことがあるんだけど」

「あら、なにかしら。ハンカチひろってあげたお礼《れい》なら、さっきしてもらったけど」

ばら子《こ》が、いつものツンとすました顔《かお》で見《み》あげた。

「ここじゃなんだから、昼休《ひるやす》みに屋上《おくじょう》まできてくれない」

「まあ、せっかくひろってあげたっていうのに、わたくしを呼《よ》びだすつもり？」

ばら子《こ》、じろりと目《め》をむいた。

ケンアクなムード。

ばら子《こ》のとりまきのふたりも、フンガイした顔《かお》つきになってる。

「ちょっと、呼《よ》びだすなんて、ばら子《こ》さんに対《たい》して、失礼《しつれい》なんじゃないの」

「とにかく、きてちょうだい」

ってそこで、少《すこ》しモメたんだけど、とにかく昼休《ひるやす》みには、わたしたち三人《にん》と、白《しろ》ばら隊《たい》の三人《にん》は屋上《おくじょう》にあがった。

向《む》かいあって三対《たい》三。

まるで決闘《けっとう》でもするみたい。

これも、美咲《みさき》ちゃん、すっごくリキが入《はい》ってるんだよね。

美咲《みさき》ちゃんがいった。

「ばら子《こ》さん、ハンカチひろってくれたのはありがたいけど、ずいぶんイジワルするのね。あれ、夢美《ゆめみ》ちゃんのだって、初《はじ》めからわかってたんでしょう。なのにわざわざ先生《せんせい》に届《とど》けることないじゃない」

でも、ばら子《こ》は平気《へいき》な顔《かお》。

「あら、ハンカチなんてよくにたのがたくさんあるもの。だれのかなんて、わかんないわ。そんなに大切《たいせつ》なハンカチなら、先生《せんせい》がいったとおり、ちゃんと名前《なまえ》を書《か》いておけばよかったのに」

「本当《ほんとう》はくやしかったんでしょう。夢美《ゆめみ》ちゃんが、松岡《まつおか》くんからハンカチプレゼントされたのが」

すると、ばら子《こ》。

「勝手《かって》な想像《そうぞう》しないで。落《お》としたのは自分《じぶん》の不注意《ふちゅうい》なのに、わたくしにいいがかりをつけるつもり？」

「む、むむ……」

ばら子《こ》のほうが一枚上手《いちまいうわて》。

美咲《みさき》ちゃんも舞《まい》ちゃんも、もちろんわたしもだまりこんだ。

そんなふうにいわれたら、返《かえ》す言葉《ことば》もない。

たしかに、落《お》としたのはわたしの責任《せきにん》なんだもん。

美咲《みさき》ちゃんも、そこのところは一歩《ぽ》さがって、今度《こんど》は少《すこ》し声《こえ》をやわらげた。

「わかった。ひろってくれたのは、お礼《れい》をいう。それで、もう一枚《まい》のほうはいつ返《かえ》してくれるの？」

「えっ？　もう一枚《まい》ってどういうこと？」

ばら子《こ》がぎゃくにたずねた。

「とぼけないで。もう一枚《まい》、水玉《みずたま》もようのほうよ。一枚《まい》だけ返《かえ》すなんてことしないで、ちゃんと二枚《まい》とも返《かえ》してくれたらいいでしょう」

すると、ばら子《こ》の顔《かお》がきゅうにプーッとふくれた。

「なんのことかさっぱりわからないわ。わたくしがひろったのは、ピンクに花《はな》もようのハンカチ一枚《まい》だけよ」

「ウソ」

「ウソなもんですか。なんて失礼《しつれい》なの。わたくしがかくしてるっていうの！」

ばら子《こ》は頭《あたま》の上《うえ》からユゲをださんばかりに怒《おこ》りだした。

とりまきの宮前《みやまえ》さんと川田《かわだ》さんも、

「ほんとだわ、あんまりよ。落《お》ちてたのは花《はな》もようの一枚《まい》だけよ！」

「そうよ、変《へん》なカンちがいしないでよ！」

白《しろ》ばら隊《たい》の顔《かお》はもう、ゆでダコみたい。

その顔見《かおみ》てたら、わたしは、これはほんとうにひろったのは一枚《まい》だけなんだなって思《おも》ったの。

もし、水玉《みずたま》もようのほうをかくしてるんなら、もっと意味《いみ》シンな笑《わら》いをするとか、あたふたしちゃうと思《おも》う。

でも、三人《にん》とも、そんなことないし。

だから、わたし、すぐにあやまったわ。

「ごめんなさい、うたがったりして。じつは、もう一枚《まい》のほうもなくなったものだから、さがしてるの」

「だからって、わたくしをうたがうことないでしょ！」

ばら子《こ》、もう超《ちょう》ヒステリー。

「だから、ごめんなさいって」

なのに、ばら子《こ》のヒステリーはおさまりそうにないの。こまったなぁ。

そんなとき、翔太《しょうた》と松岡《まつおか》くんがやってきた。

屋上《おくじょう》で遊《あそ》ぶつもりだったらしいんだけど、わたしたちを見《み》ると、こっちに近《ちか》づいてきたの。

そして、ケンアクな状態《じょうたい》を見《み》て、まず翔太《しょうた》が、

「どうかしたのかよ」

と、みんなの顔《かお》を見《み》まわした。

「なにかあったのかい？」

松岡《まつおか》くんも、ちょっと心配《しんぱい》そうに。

すると、ばら子《こ》、ヒステリーな顔《かお》をきゅうに泣《な》きそうな顔《かお》つきに変《か》えて、松岡《まつおか》くんにかけよったの。

「松岡《まつおか》くん、聞《き》いて。一ノ瀬《いちのせ》さんたらひどいのよ。わたくしがせっかくあのハンカチひろってあげたのに、もう一枚《まい》のほうをかくしてるっていうのよ」

「えっ、そうなの」

松岡《まつおか》くんは、わたしを見《み》た。

「ん……」

わたし、こまってしまって……なんていっていいかわかんない。たしかに、うたがってたとこあるんだから。

ばら子《こ》は、目《め》にいっぱい涙《なみだ》をためて、ますます松岡《まつおか》くんにうったえたの。

「ね、ひどいと思《おも》わない？　ひろってあげたのに、そんなこというなんて」

「う、うん」

松岡《まつおか》くん、しかたないって感《かん》じでうなずいた。

するとばら子《こ》はすっかり調子《ちょうし》にのって、

「一《いち》ノ瀬《せ》さんね、ほんとうは松岡《まつおか》くんからのハンカチあんまり気《き》に入《い》らなかったのよ。だから、不注意《ふちゅうい》に落《お》としてしまったのよ」

なんてことをいうじゃない。

さすがにわたしだってカチンときた。

「ちがう、すっごい気《き》に入《い》ってたんだから」

って、ムキになっていったの。

なのに、ばら子《こ》ときたら、

「でも、わたくしだったら、せっかくプレゼントされたお気《き》に入《い》りのハンカチを落《お》としてしまうようなこと、ぜったいしないわ」

「そ、それは……」

それをいわれたら、返《かえ》す言葉《ことば》もなくなっちゃって。

ばら子《こ》、泣《な》きまねの指《ゆび》の間《あいだ》から、チラッとわたしを見《み》た。

そして、松岡《まつおか》くんのうでをひっぱった。

「ねえ、松岡《まつおか》くん。こんな人《ひと》たちといっしょにいないで、運動場《うんどうじょう》に行《い》きましょうよ。足《あし》かけ後《うし》ろ回《まわ》りのコツ、教《おし》えてほしいと思《おも》ってたの」

「え、でも、ぼく……」

松岡《まつおか》くん、またまたこまった顔《かお》。

と、となりから。

「教《おし》えてやれよ」

いったのは、翔太《しょうた》。

まったく翔太《しょうた》ったらよけいなことを。

「ね、翔太《しょうた》くんもそういってるんだから、いきましょうよ」

と、けっきょく、松岡《まつおか》くんは白《しろ》ばら隊《たい》にごういんにひっぱられて行《い》っちゃった。

屋上《おくじょう》に残《のこ》されたわたしたち。

わたしはまた、ため息《いき》。

美咲《みさき》ちゃんも舞《まい》ちゃんも、なんだかしょんぼりしちゃってるし。

なんで、こんなことになっちゃったわけ。

そのとき、翔太《しょうた》がいった。

「それで、もう一枚《まい》のハンカチ、ほんとうにないのかよ」

「うん、まあ……」

わたしはうなずいた。

「そっか、それもやっぱり、体育《たいいく》の着《き》がえのときか」

「だと思《おも》う。カバンの中《なか》に二枚《まい》いっしょにいれてたんだから、なくなったのは、やっぱりあのときしかないと思《おも》うの」

「なるほどなぁ」

翔太《しょうた》はうでをくんで、だまりこんだ。

わたしは、もどってきたピンクに花《はな》もようのハンカチを手《て》の中《なか》にひろげた。

見《み》つかったのはうれしいけど、そのうれしさもまだ半分《はんぶん》。

あの水玉《みずたま》もようのハンカチ、いったいどこへいってしまったんだろう。


わたしのハンカチがなくなったってことは、その日《ひ》のうちに教室中《きょうしつじゅう》に知《し》れわたった。

そして、そのハンカチが松岡《まつおか》くんからのプレゼントだってことで、みんなは興味《きょうみ》シンシン。


いろんな人《ひと》からいわれちゃった。

「残念《ざんねん》ね」とか、「見《み》つかるといいね」とか。

たまには、「どうしてプレゼントされたの」なんて質問《しつもん》も。

本田《ほんだ》さんも近《ちか》づいてきて、すっごく心配《しんぱい》そうな顔《かお》。

本田《ほんだ》さんって、そういう人《ひと》なの。きっと自分《じぶん》のことのように心配《しんぱい》してくれてるのね。

「だいじょうぶよ。わたし、きっと見《み》つけるから」

と、話《はな》してるさいちゅうなのに、また別《べつ》のクラスメイトが、

「ねえねえ、なくなったのはどんなハンカチだって？」

てなぐあい。

それからだって大変《たいへん》だったんだから、みんなにいっぱい聞《き》かれて。

あーあ、くたびれる一日《いちにち》だった。

8

うそ……、あの子《こ》が犯人《はんにん》だなんて

家《いえ》に帰《かえ》り、部屋《へや》に入《はい》って、またひとつため息《いき》。

「ふう……」

今日《きょう》はいろんなことがあったもんね。

クラス中《じゅう》に知《し》れわたっちゃったし。

そんなとき、

「本当《ほんとう》に大変《たいへん》だったね」

と、後《うし》ろから声《こえ》が。

思《おも》わずふりむくと、ベッドの横《よこ》のイスに愛美《あいみ》がすわってた。

わたしはうれしくて、思《おも》わず愛美《あいみ》にかけよったの。

「ああ、愛美《あいみ》。よかった、もしかしたら天国《てんごく》に帰《かえ》っちゃったんじゃないかって、心配《しんぱい》してたの」

すると、愛美《あいみ》は首《くび》をすくめて、ペロリと舌《した》を出《だ》した。

「ゆうべはごめんね。わたし、ちょっとカッとしちゃって」

「ううん、わたしこそごめん。愛美《あいみ》に八《や》つ当《あ》たりするなんて、どうかしてた。許《ゆる》してね。とにかく、一枚《まい》はもどってきたんだから」

「うん、よかったね」

わたしはベッドにすわって、愛美《あいみ》とむかいあった。

そして、またため息《いき》。

「でも、もう一枚《まい》がね」

「ほんと、どこにいっちゃったんだろう」

愛美《あいみ》もすっかり考《かんが》えこんでる。

「わたし、思《おも》うんだけど、体育《たいいく》の時間《じかん》、一番最後《いちばんさいご》にきたのが白《しろ》ばら隊《たい》の三人《にん》だったわけでしょう。そのときはもう、ハンカチは一枚《まい》しかなかったわけだから、もしだれかがかくしたとしたら、わたしが教室《きょうしつ》を出《で》てから、白《しろ》ばら隊《たい》が見《み》つけるあいだに、教室《きょうしつ》の中《なか》にいた人《ひと》だと思《おも》うの」

わたしは、うでをくんで、ひっしに推理《すいり》した。

愛美《あいみ》はだまって聞《き》いている。

「わたしのあとからきた人《ひと》って、何人《なんにん》かいたけど、だれがいたかなぁ……」

そして、わたしは愛美《あいみ》の顔《かお》を見《み》なおしたの。

「あ、いけない。また、こんなことといったら、愛美《あいみ》にしかられちゃうかもしれない。だれかをうたがうのはよくないって」

愛美《あいみ》もちょっと考《かんが》えこんだ。

「そうね……そう思《おも》うけど。でも、わたしも夢美《ゆめみ》と話《はな》してから、いろいろ考《かんが》えたの。夢美《ゆめみ》にとっては大切《たいせつ》なハンカチだもの。人《ひと》をうたがっちゃいけないんだってことより前《まえ》に、さがしだしたいって気持《きも》ち、よくわかる」

わたしはうなずいた。

だって、そのとおりなんだもん。

なにしろ、松岡《まつおか》くんからもらった大切《たいせつ》なハンカチなんだから。

「そうなの、だれがかくしたとか、そんなことはどうでもいいの。ただ、あの水玉《みずたま》もようのハンカチが出《で》てきてほしいだけ」

「うん、さがすためなら、わたしも協力《きょうりょく》するから」

「ありがとう」

そして、わたしと愛美《あいみ》はにっこり笑《わら》いあった。


その次《つぎ》の日《ひ》。

ゆうべもずっとなくなったハンカチのことを考《かんが》えていたので、よくねむれず、そのまま朝《あさ》も早《はや》く起《お》きてしまった。

明《あ》け方《がた》、少《すこ》し雨《あめ》がふったので、窓《まど》をあけたら庭《にわ》の葉《は》っぱに、水滴《すいてき》がたくさんついてて、きれいだった。

「あら、夢美《ゆめみ》、早《はや》いじゃない。どうしたの？」

なんて、あんまり早《はや》く起《お》きたので、お母《かあ》さんにいわれちゃった。

お父《とう》さんには、

「おや、お母《かあ》さんに起《お》こされずに起《お》きるなんて、めずらしいな。そっか、だから明《あ》け方《がた》に雨《あめ》がふったんだな」

なんて、笑《わら》われちゃうし。

たしかに、自分《じぶん》ですすんで起《お》きることって少《すく》ないもんね。

いつもお母《かあ》さんに、「起《お》きなさーい」って、いわれてるの。

それで、朝《あさ》ごはんもいつもよりずっと早《はや》く食《た》べて、そのまま、家《いえ》もいつもより早《はや》く出《で》たってわけ。

家《いえ》にいてもすることないもんね。

通学路《つうがくろ》にまだ生徒《せいと》たちの姿《すがた》は見《み》えない。

車《くるま》だって少《すく》ないし。

のんびり歩《ある》いていける。

たまには、いいかも、こんなふうに早起《はやお》きするのって。

すると、そのとき、

「おっす、夢美《ゆめみ》」

と、肩《かた》をポンとたたかれた。

ふりむいて、びっくり。

だって、翔太《しょうた》なんだもん。

「どうしたの、今日《きょう》はバカに早《はや》いじゃない」

わたしはいった。

だって、翔太《しょうた》はいつもは遅刻《ちこく》ぎりぎりなんだもん。

翔太《しょうた》はちょっと口《くち》をとんがらかして、

「おまえこそ、どうしたんだよ」

「早《はや》く目《め》がさめちゃったの」

「ふうん」

「翔太《しょうた》は？」

「ああ、ちょっと、ウサギのことが気《き》になってさ」

「え、ウサギって」

「明《あ》け方《がた》、雨《あめ》がふったろう。雨《あめ》が小屋《こや》に入《はい》って、しいてある新聞紙《しんぶんし》がぬれてたら、ウサギがかわいそうだと思《おも》ってさ」

「へえ」

わたしは思《おも》わずまじまじと翔太《しょうた》の顔《かお》を見《み》ちゃった。

なかなかいいとこあるじゃん、翔太《しょうた》も。

ウサギを心配《しんぱい》するなんて。

ふだんは、おちゃらけてばっかりいるのにね。

すると、翔太《しょうた》がふと、わたしの顔《かお》を見《み》て、ニンマリと笑《わら》った。

あ、なんかたくらんでるな。

ピンときた。

翔太《しょうた》がこういう笑《わら》いをするときって、かならずなにかあるのよね。

「おまえ、いま、ヒマしてんだろ」

「ん、まあ」

そりゃあ、学校《がっこう》に行《い》くとちゅうで、べつにほかに用事《ようじ》があるわけじゃないけど。

「だったら、ちょっと手伝《てつだ》えよ」

「ええっ！」

ほらね、やっぱり。

こんなことだろうと思《おも》ったの。

でもまあ、教室《きょうしつ》に行《い》っても、することもないしね。まだ、だれもきてないだろうし。

で、わたしは翔太《しょうた》といっしょに飼育小屋《しいくごや》のほうに行《い》ったの。

小屋《こや》の中《なか》はやっぱり少《すこ》し雨《あめ》でぬれていた。

翔太《しょうた》はカバンの中《なか》から新聞紙《しんぶんし》を出《だ》すと、ぬれた新聞紙《しんぶんし》と交換《こうかん》しはじめた。

そして、わたしには、水箱《みずばこ》を出《だ》して、

「おい、水飲《みずの》み場《ば》で、水《みず》をくんできてくれよ」

といった。

わたしは水箱《みずばこ》を受《う》けとって、くみにいったの。

まだ、だれもいない水飲《みずの》み場《ば》。

じゃぐちをひねって、水箱《みずばこ》を水《みず》でいっぱいにした。けっこうむずかしいのよね、こぼさないように、はこぶって。

で、そろりそろりと歩《ある》きながら、飼育小屋《しいくごや》の前《まえ》までやってきたの。

「はい。くんできたわよ、水《みず》」

わたしは小屋《こや》の中《なか》に体《からだ》を半分《はんぶん》いれて、水箱《みずばこ》を翔太《しょうた》のほうにさしだした。

ウサギさんたち、すみっこのほうでかたまってる。

翔太《しょうた》の新聞紙《しんぶんし》の交換《こうかん》のしかたが乱暴《らんぼう》だから、こわがってるんじゃないの。

「翔太《しょうた》、もう少《すこ》しやさしくしてあげなさいよね」

なんて、ちょっと文句《もんく》。

すると翔太《しょうた》がきゅうにすっとんきょうな声《こえ》をだした。

「あれっ！」

わたしはびっくり。

なにごとがおきたのかと思《おも》って。

ウサギさんだって、赤《あか》い目《め》をまあるくしてる。

「どうかしたの」

わたしは急《いそ》いで小屋《こや》の中《なか》に入《はい》ったの。

「これ」

と、翔太《しょうた》がふりむき、手《て》をさしだした。

そして、その手《て》がもっている物《もの》を見《み》て、わたしも思《おも》わず大声《おおごえ》をあげた。

「ああっ！」

だって、それは、なくなったあの水玉《みずたま》のハンカチだったんだもの。

「これ、夢美《ゆめみ》のさがしてたハンカチだよな」

「う、うん、そう。これ、どこに？」

わたしはただもう、目《め》をぱちくり。

「小屋《こや》のすみっこの新聞紙《しんぶんし》の下《した》に入《い》れてあった」

「でも、どうして、そんなとこに……」

翔太《しょうた》は新聞紙《しんぶんし》を手早《てばや》くかたづけると、水箱《みずばこ》をいつもの場所《ばしょ》に置《お》いた。

そして、

「とにかく、外《そと》に出《で》ようぜ」

といったので、わたしたちは、小屋《こや》から出《で》ることにした。

小屋《こや》のカギをかけて、翔太《しょうた》がふりむいた。

「しっかし、変《へん》だよなぁ。消《き》えたハンカチがこんなところにあるなんて。ハンカチがひとりで歩《ある》いてくるわけないし。つまり、だれかがここにかくしたってことだろうな」

「だれかって、だれかしら」

「ん……それはわかんないけど。でも、もしきのうからこのハンカチが置《お》いてあったんなら、ぜったいきのうの当番《とうばん》が見《み》つけたと思《おも》うんだ。そしたら、夢美《ゆめみ》にいうよな。クラスのみんなが、ハンカチなくなったこと知《し》ってるんだから」

「そうよね。きっとそうだと思《おも》う」

そこで、わたしはハッとした。

「ということは」

翔太《しょうた》もちょっと真剣《しんけん》な顔《かお》でうなずいた。

「そういうことだ。かくしたのは、きのうの飼育当番《しいくとうばん》だって可能性《かのうせい》は大《だい》だな」

「きのうの当番《とうばん》ってだれ？」

「たしか……」

そのとき、中庭《なかにわ》のほうで人《ひと》の気配《けはい》を感《かん》じて、わたしと翔太《しょうた》は顔《かお》を見《み》あわせた。

「おい、かくれようぜ」

翔太《しょうた》がいった。

「どうして？」

わたしはキョトンとした。

「いいから」

翔太《しょうた》に腕《うで》をひっぱられて、わたしはウサギ小屋《ごや》の裏《うら》っかわにかくれたの。

足音《あしおと》がだんだん近《ちか》づいてくる。

「どうして、かくれるの？」

と、わたしが小声《こごえ》で聞《き》くと、翔太《しょうた》はシッと口《くち》に指《ゆび》を立《た》てた。

「いいから、だまってろって」

「だって」

「もしかしたら、犯人《はんにん》かもしれないだろ。次《つぎ》の飼育当番《しいくとうばん》に見《み》つかる前《まえ》に、取《と》りもどしにきたのかもしれない」

「なるほど」

翔太《しょうた》の推理《すいり》もなかなかのもの。

足音《あしおと》は近《ちか》づいてくる。

わたしの胸《むね》はドキドキしてきた。

いったいだれなの。

やがて、校舎《こうしゃ》のかげから人《ひと》があらわれた。

けれど、その人《ひと》を見《み》て、わたしは目《め》をぱちぱちさせた。

だって、あらわれたのは、本田《ほんだ》さんだったから。

わたしはつい笑《わら》っちゃって、翔太《しょうた》をヒジでつっついた。

「やだ、本田《ほんだ》さんじゃない。人《ひと》ちがいもいいとこ」

本田《ほんだ》さんのことだから、翔太《しょうた》と同《おな》じように、きっとウサギのことが心配《しんぱい》になったにちがいない。

で、出《で》ようとすると、

「ちょっと待《ま》て」

と、翔太《しょうた》がいった。

「どうして？　本田《ほんだ》さんよ。犯人《はんにん》のわけないじゃない」

「いいから」

で、しかたなく、もうしばらく本田《ほんだ》さんの様子《ようす》を見《み》ていることにしたの。

本田《ほんだ》さんは、あたりを見《み》まわして、だれもいないことを確《たし》かめると、小屋《こや》の中《なか》に入《はい》っていった。

そして、さっき翔太《しょうた》がハンカチを見《み》つけたところを、さかんにゴソゴソやりはじめた。

「さがしてるよ、ハンカチ」

翔太《しょうた》が、とってもクライ声《こえ》でいったの。

「ウソ……」

そのときのわたしの気持《きも》ち、わかる？

だって、そんなの信《しん》じられない。

本田《ほんだ》さんが犯人《はんにん》なんて、信《しん》じられない。

「こりゃ、本人《ほんにん》に確《たし》かめるしかないな」

翔太《しょうた》が、小屋《こや》のかげから出《で》た。

少《すこ》しおくれて、わたしも。

本田《ほんだ》さんは、わたしと翔太《しょうた》を見《み》ると、息《いき》をのんだようにぼう立《だ》ちになったの。

「翔太《しょうた》くん……それに、夢美《ゆめみ》ちゃんも」

「さがしてるのは、これかい？」

翔太《しょうた》が水玉《みずたま》のハンカチをさしだした。

それを見《み》て、本田《ほんだ》さんはきゅうに目《め》にいっぱい涙《なみだ》をためた。

「ご、ごめんなさい」

本田《ほんだ》さんはあやまった。

あやまったってことは、みとめたってこと。でも、まだ信《しん》じられない。

「でも、本田《ほんだ》さん、どうして」

わたしはぼーぜんとしながら、聞《き》いたの。

すると、本田《ほんだ》さんの目《め》から、涙《なみだ》がぽろぽろこぼれたの。

本田《ほんだ》さんは、やがて消《き》えいりそうな声《こえ》で、話《はな》しはじめた。

「あの体育《たいいく》のとき、教室《きょうしつ》から出《で》ようとして、落《お》ちてるハンカチに気《き》がついたの。一枚《まい》をひろったところで、ばら子《こ》さんたちが入《はい》ってきて、わたし、自分《じぶん》でも気《き》がつかないうちにポケットに入《い》れてしまってたの」

本田《ほんだ》さんの目《め》から、またぽろりと涙《なみだ》が落《お》ちた。

「ずっと、返《かえ》そう返《かえ》そうって思《おも》ってたの。だまってちゃいけないって。でも、クラス中《じゅう》に知《し》れわたっちゃって、そしたらなんだかとても返《かえ》しづらくなってしまって……。家《いえ》にももって帰《かえ》れないし。それで、きのうウサギ小屋《ごや》にかくしたの。でも、今日《きょう》こそは返《かえ》そうって思《おも》ってたのよ。本当《ほんとう》よ。本当《ほんとう》に今日《きょう》こそ、返《かえ》さなきゃって。だからみんなが登校《とうこう》する前《まえ》にとりにきたの」

そして、本田《ほんだ》さんはうつむいてしまった。

わたしはようやくたずねたの。

「でも、どうして。どうして、かくしたりしたの」

「それは……」

でも、それは言葉《ことば》にならなかった。
「ごめんなさい。本当《ほんとう》にごめんなさい」
そして本田《ほんだ》さんは、くるっと身《み》をひるがえしてかけだした。
「本田《ほんだ》さん！」
わたしはさけんだ。
でも、声《こえ》はとどかず、本田《ほんだ》さんの姿《すがた》は校舎《こうしゃ》の中《なか》に消《き》えていった。
わたしの頭《あたま》の中《なか》はパニック状態《じょうたい》。
これって、どういうことなんだろう。
どうして、本田《ほんだ》さんがわたしのハンカチをかくしたりしたんだろう。
わたし、本田《ほんだ》さんとは仲《なか》よくなれそうな気《き》がしてたのに。
どうしてそんなイジワルを？
わたしはショックで、体《からだ》からヘナヘナ力《ちから》がぬけてしまうような気《き》がした。
その日《ひ》、本田《ほんだ》さんは学校《がっこう》を欠席《けっせき》した。
朝《あさ》、飼育小屋《しいくごや》まできたものの、そのまま帰《かえ》ってしまったらしかった。

朝礼《ちょうれい》のとき、先生《せんせい》は出席簿《しゅっせきぼ》をパタンととじると、あらたまった声《こえ》で、みんなの顔《かお》を見《み》ました。

「みんな聞《き》いてくれ。きゅうなんだが、じつは本田《ほんだ》さんが転校《てんこう》することになった」

「えーっ！」

みんな、ザワザワ。

わたしはまたまたびっくり。

そんなこと、さっきもなんにもいってなかったのに。

「それで、今日《きょう》はみんなにおわかれのあいさつをすることになってたんだけど、さっき職員室《しょくいんしつ》にきて、みんなと会《あ》うとわかれるのがかなしくなるから、このまま帰《かえ》るっていって帰《かえ》っていったんだ」

うそぉ。

なんて、声《こえ》があちこちから。

わたしの頭《あたま》の中《なか》はこんがらがりっぱなし。

転校《てんこう》だなんて。あまりにきゅうすぎるじゃないの。

「出発《しゅっぱつ》は明日《あした》だそうだ。みんなによろしくっていってていたからな」

そのとき、ふっと思《おも》いだした。

そういえば、お誕生会《たんじょうかい》のとき「とってもいい思《おも》い出《で》が作《つく》れたわ」なんて、いってたっけ。

きっと、あのときから、転校《てんこう》することが決《き》まってたんだ。

なのにだまって、ひとりの胸《むね》にしまっておくなんて。

わたしたちに、気《き》をつかわせないようにしたんだね、本田《ほんだ》さんは。

そういう人《ひと》なの、本田《ほんだ》さんって。

思《おも》いやりがあって、あたたかくて……。

なのに、どうして。

わたしはまた、わからなくなった。

なのにどうして、ハンカチをかくすようなことをしたのかって。

今《いま》、わたしのところには、ようやく二枚《まい》のハンカチがもどってきたけど、わたしはちっともうれしくなかった。

うれしいどころか、もどってくる前《まえ》より、ずっとかなしい気《き》持《も》ちでいっぱいだった。

家《いえ》に帰《かえ》って、そのことを愛美《あいみ》に話《はな》すと、愛美《あいみ》もとってもおどろいたみたいだった。

「あの本田《ほんだ》さんが」

「そうなの。でもわたし、今《いま》でも信《しん》じられないの。本田《ほんだ》さんがかくしてたなんて」

「そうね」

愛美《あいみ》もすっかり考《かんが》えこんでいる。

「ね、どうしてそんなことしたんだと思《おも》う？　本田《ほんだ》さんとは、仲《なか》よくなれたとばっかり思《おも》ってたのよ。本当《ほんとう》はわたしのこと、きらいだったのかしら」

「そんなことないと思《おも》う」

愛美《あいみ》は首《くび》をふった。

「じゃあ、どうして」

すると愛美《あいみ》は、ちょっといいにくそうにした。

「ん……もしかしたら」

「えっ、愛美《あいみ》、なにか知《し》ってるの」

「知《し》ってるってほどじゃないの。ただ、このあいだのお誕生会《たんじょうかい》のとき、チラッと思《おも》ったの」

「なにを？」

「もしかして、本田《ほんだ》さん、松岡《まつおか》くんのこと、好《す》きなんじゃないかなって」

わたしはびっくり。

だって、愛美《あいみ》ったらとんでもないこといいだすんだもの。

「そんなことないよ。だって本田《ほんだ》さん、松岡《まつおか》くんとほとんどしゃべってなかったし。ううん、ぎゃくにキョウミないって感《かん》じだったよ」

「そうかな。それって、気持《きも》ちの裏返《うらがえ》しじゃないのかな。それに、本田《ほんだ》さんってひっこみじあんだし、きっと、松岡《まつおか》くんを前《まえ》にしても、なにもいえなかったんだと思《おも》う」

そういわれたら、そんな気《き》がしてきた。

だまってたのは、キョウミがなかったんじゃなくて、はずかしかったのかもしれない。

「それにね。夢美《ゆめみ》がもらったハンカチ、とってもうらやましそうに見《み》てたもの」

「わたし、ちっとも気《き》がつかなかった……」

「しょうがないよ、それは」

でも、そんなことにも気《き》づかないなんて、わたしったら、本田《ほんだ》さんにとってもわるいことをしたような気《き》がしたの。

ほら、たとえば舞《まい》ちゃんとか、美咲《みさき》ちゃんとかとは、ふざけて、「松岡《まつおか》くんのファンだもん」なんていいあえるから、心《こころ》の中《なか》はいつもスッキリしてるのね。

でも、いえなかった本田《ほんだ》さんは、きっと、かなしい思《おも》いでいっぱいになってたんじゃないかって思《おも》うの。

そして、転校《てんこう》の日《ひ》が近《ちか》づいて……だからきっと、あのハンカチをひろったとき、ついポケットに入《い》れてしまったんだと思《おも》うの。松岡《まつおか》くんの思《おも》い出《で》がほしくて。

わたしは愛美《あいみ》の顔《かお》を見《み》た。

「愛美《あいみ》、本田《ほんだ》さんね、転校《てんこう》しちゃうの。わたし、その前《まえ》に、このことすっきりしたい」

「すっきりって？」

「本田《ほんだ》さんと、ちゃんと仲《なか》なおりしたい」

愛美《あいみ》は深《ふか》くうなずいた。

「そうね」

「そして、このハンカチを」

わたしは水玉《みずたま》もようのハンカチを見《み》つめた。

「ハンカチをどうするの？」

「本田《ほんだ》さんにプレゼントする」

「えっ」

愛美《あいみ》はちょっとびっくりしたみたいだった。

「本田《ほんだ》さんにあげるの？」

「うん。だって、わたしには、もう一枚《まい》、花《はな》もようのハンカチがあるもの。わたしや松岡《まつおか》くんのことが、ステキな思《おも》い出《で》になるように」

すると愛美《あいみ》は感心《かんしん》したようにうなずいた。

「さっすが、わたしの双子《ふたご》の姉妹《しまい》。見直《みなお》しちゃった。夢美《ゆめみ》のこと」

ほめられて、ちょっとテレちゃったけどね。

「じゃあ、急《いそ》いでおせんたくしなきゃ。アイロンもかけてっと」

そしてわたしは、部屋《へや》からとびだすと、洗面所《せんめんじょ》に走《はし》っていったの。

9 いつまでも友達《ともだち》のままで

そして、翌日《よくじつ》。

わたしは先生《せんせい》から、本田《ほんだ》さんが乗《の》る電車《でんしゃ》の時間《じかん》を聞《き》きだした。

授業《じゅぎょう》がおわって、すぐにいけば、なんとか間《ま》にあう時間《じかん》だった。

舞《まい》ちゃんも美咲《みさき》ちゃんも、いっしょに行《い》きたいっていった。もちろん、ハンカチのことはなんにも話《はな》していないけれど、ふたりともそんなこととは関係《かんけい》なしに、お見送《みおく》りしたいって思《おも》ってるみたいだった。

そうだよね。お誕生会《たんじょうかい》をきっかけに、せっかく仲《なか》よくなれたんだもの。

そして翔太《しょうた》にもいうと、翔太《しょうた》もいくって。

「松岡《まつおか》もつれていくから」

わたしは思《おも》わず、翔太《しょうた》の顔《かお》を見直《みなお》した。

だって、松岡《まつおか》くんもつれていくなんて、あまりにもさっしがいいんだもん。

すると翔太《しょうた》は、わたしがなにを思《おも》ったかすぐにわかったらしくて、ハナにクシャリとシワをよせた。

「あのな、オレにだってわかるさ。本田《ほんだ》さんが、どういう気持《きも》ちで夢美《ゆめみ》のハンカチをかくしたのかぐらい」

わたしはとってもうれしかった。

翔太《しょうた》なんて、女《おんな》の子《こ》の気持《きも》ちなんかわかるわけないって思《おも》ってたんだけど、なかなかデリケートなところもあるんだなぁって。

ふふっ、顔《かお》はバリケードなんだけどね。

そして放課後《ほうかご》、わたしと舞《まい》ちゃんと美咲《みさき》ちゃんと、それから翔太《しょうた》と松岡《まつおか》くん。この五人《にん》で駅《えき》にむかったの。

ホームにはたくさんの人《ひと》がいて、なかなか本田《ほんだ》さんは見《み》つからなかった。

でも、一番奥《いちばんおく》の車両《しゃりょう》に、わたしは本田《ほんだ》さんの姿《すがた》を見《み》つけた。

「あ、あそこよ」

みんないっせいに走《はし》りだす。

「本田《ほんだ》さーん！」

呼《よ》ぶと、本田《ほんだ》さんはびっくりした顔《かお》でふりむいた。

わたしは息《いき》をハーハーさせながら、本田《ほんだ》さんの前《まえ》に到着《とうちゃく》した。

「夢美《ゆめみ》ちゃん……」

本田《ほんだ》さんは、うつむいて、また目《め》を涙《なみだ》でいっぱいにした。

「だまって転校《てんこう》しちゃうなんて、そんなのさびしい」

「でも……わたし、夢美《ゆめみ》ちゃんにとってもひどいことしたから、きっと、怒《おこ》って顔《かお》も見《み》たくないって思《おも》ってるんじゃないかと……」

「そのことなら、いいの。わたし、ぜんぜん怒《おこ》ってなんかいないから」

すると、本田《ほんだ》さん、表情《ひょうじょう》を明《あか》るくした。

「ほんと、じゃあ、ゆるしてくれるの？」

わたしはにっこり。

「もちろん。それで、わたし、あらためてこれを受《う》けとってもらおうと思《おも》って」

わたしはポケットから、水玉《みずたま》もようのハンカチをとりだした。

「えっ、だって、これ」

本田《ほんだ》さんは、目《め》をパチパチさせた。本田《ほんだ》さんだけじゃなく、舞《まい》ちゃんも、美咲《みさき》ちゃんも。

もちろん、松岡《まつおか》くんも。

「ね、受《う》けとって」

「でも……これは、夢美《ゆめみ》ちゃんが松岡《まつおか》くんからプレゼントされたものだもの」

わたしは松岡《まつおか》くんをふりむいた。

「ね、松岡《まつおか》くん、これ、本田《ほんだ》さんにあげてもいい？　わたしには、花《はな》もようのがもう一枚《まい》あるから。わたしたちみんなが、とっても仲《なか》がよかったっていう思《おも》い出《で》のために」

「うん、もちろんだよ」

松岡《まつおか》くんはにっこりほほえんだ。

「ありがとう、松岡《まつおか》くん、そして、夢美《ゆめみ》ちゃん。大切《たいせつ》にする」

本田《ほんだ》さんは、そのハンカチを胸《むね》にぎゅっとだきしめた。

電車《でんしゃ》の発車《はっしゃ》ベルが鳴《な》りはじめた。

本田《ほんだ》さんのお母《かあ》さんが呼《よ》んでいる。

「もう、行《い》かなきゃ」

「うん。わたし、手紙《てがみ》書《か》く。本田《ほんだ》さんも書《か》いてね」

「うん、ぜったい」

「ぼくも書《か》くから」

松岡《まつおか》くんがいった。

本田《ほんだ》さんはちょっとホホを赤《あか》くしてうなずいた。

「ありがとう。待《ま》ってる」

「わたしも」「わたしだって」「オレも」

舞《まい》ちゃんと美咲《みさき》ちゃん、そして翔太《しょうた》もいった。

本田《ほんだ》さんはうれしそうに何度《なんど》もうなずきながら、電車《でんしゃ》に乗《の》った。

ドアがとじて、電車《でんしゃ》がゆっくりと動《うご》きだす。

「元気《げんき》でね――っ」

わたしは手《て》をふった。

松岡《まつおか》くんも手《て》をふった。

みんなで手《て》をふった。

ガラス窓《まど》のむこうで、本田《ほんだ》さんがそれにこたえるように、にっこり笑《わら》った。

電車《でんしゃ》がスピードをあげてゆく。

だんだん、本田《ほんだ》さんの姿《すがた》が見《み》えなくなってゆく。

距離《きょり》は遠《とお》くはなれてゆくけれど、そのとき、わたしは本田《ほんだ》さんと、本当《ほんとう》の友達《ともだち》になれたような気《き》がして、すっごくうれしかった。


帰《かえ》り道《みち》。

舞《まい》ちゃんと美咲《みさき》ちゃんに聞《き》かれた。

「ね、あの水玉《みずたま》もようのハンカチ、どこにあったの？」

「ん……」

わたし、返事《へんじ》にこまってしまって。

できることなら、ないしょにしておきたかったから、今度《こんど》のことは。

すると、となりから翔太《しょうた》が、

「ゆるせ。あのハンカチ、じつはオレがもってたんだ」

なんていいだした。

「ええっ！」

舞《まい》ちゃんと美咲《みさき》ちゃん、それから松岡《まつおか》くんのおどろいた顔《かお》。

わたしだってびっくりよ。

「オレさ、あんとき、トイレから帰《かえ》ってきたんだけど、ハンカチもってなくてさ。そいでちょうど落《お》ちてたのでふいちまったたってわけ。それ、ポケットにつっこんどいたの、わすれちゃってたんだ」

舞《まい》ちゃんと美咲《みさき》ちゃんがふきだした。

「やーねえ、翔太《しょうた》くんたら」

「ほんとにもう、人《ひと》さわがせなんだから」

翔太《しょうた》、ガハハ、と笑《わら》って、わたしにむかってウィンクした。

わたし、なんだか胸《むね》が熱《あつ》くなった。

だって、翔太《しょうた》がそんなにやさしい男《おとこ》の子《こ》だったなんて。

駅《えき》の階段《かいだん》を五人《にん》でおりていった。

とちゅう、耳《みみ》もとで、

「よかったね、夢美《ゆめみ》」

という、愛美《あいみ》の声《こえ》がした。

わたしはうれしくて、だれにも聞《き》かれないよう、「うん」って答《こた》えると、スキップで階《かい》段《だん》をおりたの。

あー、今《いま》、とってもいい気分《きぶん》！

おわり

あとがき

みなさん、こんにちは。

私《わたし》の名前《なまえ》は、唯川恵《ゆいかわけい》と、言《い》います。

ちょっと読《よ》みづらいかもしれませんが、おぼえてくれたらとてもうれしいです。

この本《ほん》を読《よ》んでくれて、本当《ほんとう》にありがとう。

いかがでしたか？

小《ちい》さいときに死《し》んでしまった夢美《ゆめみ》の双子《ふたご》の姉妹《しまい》、愛美《あいみ》が、十一歳《さい》の誕生日《たんじょうび》に天国《てんごく》からやってくる。そして、あらためて姉妹《しまい》として仲《なか》よくなり、事件《じけん》を解決《かいけつ》する。

そんなのありっこない！

と、思《おも》う方《かた》もいらっしゃるかもしれませんが、そういうの、ちょっとステキだと思《おも》いませんか？

子供《こども》のころからよく思《おも》っていました。

もしかしたら内緒《ないしょ》にしているだけで、こっそりユーレイとお友達《ともだち》になっている子《こ》がいるかもしれないって。

残念《ざんねん》ながら、わたしにはそんな姉妹《しまい》もお友達《ともだち》もいませんでしたが、大人《おとな》になった今《いま》も、ぜひ、あらわれて欲《ほ》しいと思《おも》っています。あれもこれも、聞《き》きたいことがたくさんあるんです。

さて。

わたしは本《ほん》を読《よ》むって、とてもステキなことだと思《おも》っています。

いろんなことを考《かんが》えたり、楽《たの》しんだり、悩《なや》んだり、笑《わら》ったり、ドキドキしたり、時《とき》には怒《おこ》ったり、本《ほん》の中《なか》にはそれがいっぱい詰《つ》まっています。

体《からだ》のためにいろんなものを食《た》べて栄養《えいよう》をとるように、本《ほん》をたくさん読《よ》むと、それが心《こころ》の栄養《えいよう》になります。

ぜひ、たくさん読《よ》んで、たくさん食《た》べて、心《こころ》も体《からだ》も元気《げんき》いっぱいになってください。

実《じつ》は、この小説《しょうせつ》には続編《ぞくへん》があります。

『謎《なぞ》がいっぱい？　怪人《かいじん》X《エックス》を追《お》え！』

せっかく、夢美《ゆめみ》と愛美《あいみ》という、ふしぎな姉妹《しまい》を登場《とうじょう》させたので、もう一冊《さつ》、書《か》きたくなってしまいました。

また、みなさんと会《あ》えますように。

唯川《ゆいかわ》　恵《けい》

この作品は、ポプラ社より一九九〇年一〇月に刊行された『夢美と愛美の消えたバースデー・プレゼント?』をもとに、一部を書きかえて、漢字にふりがなをふり文庫化したものです。

角川つばさ文庫

唯川 恵／作

1955年石川県金沢市生まれ。1984年「海色の午後」にて第3回コバルト・ノベル大賞を受賞。2002年『肩ごしの恋人』にて第126回直木賞を受賞。2008年『愛に似たもの』にて第21回柴田錬三郎賞を受賞。恋愛小説、エッセイなど多数。多くの読者の圧倒的支持を集めている。

杉崎ゆきる／絵

人気漫画家、イラストレーター。代表作に『D・N・ANGEL』『ラグーンエンジン』『りぜるまいん』『ブレンパワード』『女神候補生』など多数。

角川《かどかわ》つばさ文庫《ぶんこ》　Bゆ1-1

夢美《ゆめみ》と愛美《あいみ》の

消《き》えたバースデー・プレゼント？

作《さく》　唯川《ゆいかわ》 恵《けい》

絵《え》　杉崎《すぎさき》ゆきる

2009年11月15日　初版発行

発行者　井上伸一郎
発行所　株式会社角川書店
東京都千代田区富士見2-13-3　〒102-8078
電話・編集03-3238-8555
発売元　株式会社角川グループパブリッシング
東京都千代田区富士見2-13-3　〒102-8177
電話・営業03-3238-8521
http://www.kadokawa.co.jp/

印　刷　大日本印刷株式会社
製　本　大日本印刷株式会社
装　丁　ムシカゴグラフィクス

ISBN978-4-04-631041-5　C8293
N.D.C.913　158p　18cm

読者のみなさまからのお便りをお待ちしています。
いただいたお便りは、編集部から著者へおわたしいたします。

角川つばさ文庫発刊のことば

角川グループでは『セーラー服と機関銃』(81)、『時をかける少女』(83・06)、『ぼくらの七日間戦争』(88)、『リング』(98)、『ブレイブ・ストーリー』(06)、『バッテリー』(07)、『DIVE!!』(08) など、角川文庫と映像とのメディアミックスによって、「読書の楽しみ」を提供してきました。

角川文庫創刊60周年を期に、十代の読書体験を調べてみたところ、角川グループの発行するさまざまなジャンルの文庫が、小・中学校でたくさん読まれていることを知りました。

そこで、文庫を読む前のさらに若いみなさんに、スポーツやマンガやゲームと同じように「本を読むこと」を体験してもらいたいと「角川つばさ文庫」をつくりました。

読書は自転車と同じように、最初は少しの練習が必要です。しかし、読んでいく楽しさを知れば、どんな遠くの世界にも自分の速度で出かけることができます。それは、想像力という「つばさ」を手に入れたことにほかなりません。

「角川つばさ文庫」では、読者のみなさんといっしょに成長していける、新しい物語、新しいノンフィクション、角川グループのベストセラー、ライトノベル、ファンタジー、クラシックスなど、はば広いジャンルの物語に出会える「場」を、みなさんとつくっていきたいと考えています。

読んだ人の数だけ生まれる豊かな物語の世界。そこで体験する喜びや悲しみ、くやしさや恐ろしさは、本の世界の出来事ではありますが、みなさんの心を確実にゆさぶり、やがて知となり実となる「種」を残してくれるでしょう。

かつての角川文庫の読者がそうであったように、「角川つばさ文庫」の読者のみなさんが、その「種」から「21世紀のエンタテインメント」をつくっていってくれたなら、こんなにうれしいことはありません。

物語の世界を自分の「つばさ」で自由自在に飛び、自分で未来をきりひらいていってください。

ひらけば、どこへでも。――角川つばさ文庫の願いです。

角川つばさ文庫編集部